036

L'immoraliste

背德者

André Gide

[法] 安德烈·纪德 著

李玉民 译

中信出版集团 | 北京

图书在版编目（CIP）数据

背德者 / （法）安德烈·纪德著；李玉民译.
北京：中信出版社，2025.7. -- （无界文库）.
ISBN 978-7-5217-7764-2

Ⅰ. I565.45

中国国家版本馆CIP数据核字第2025TS3348号

背德者
（无界文库）

著者： [法]安德烈·纪德
译者： 李玉民
出版发行：中信出版集团股份有限公司
　　　　　（北京市朝阳区东三环北路27号嘉铭中心　邮编　100020）
承印者： 嘉业印刷（天津）有限公司

开本：787mm×1092mm 1/32　印张：9.25　　字数：99千字
版次：2025年7月第1版　　　印次：2025年7月第1次印刷
书号：ISBN 978-7-5217-7764-2
　　　　　　　　　　定价：29.00元

版权所有·侵权必究
如有印刷、装订问题，本公司负责调换。
服务热线： 400-600-8099
投稿邮箱： author@citicpub.com

中译本序
同几个纪德对话

李玉民

从前,一个纪德也见不到(抑或视而不见),现在却同几个纪德对话,想想连我自己也感到诧异。

自不待言,我在注重文学的北大西语系念书时,纪德是我们那些老先生避而不谈的作家之一,给我的印象他是个异端;而在那个唯有革命理想和激情的时期,异端邪说就是大忌,避之犹恐不及，怎还敢去研读呢？那时我们大量阅读法国文学原著，现代作家截止到罗曼·罗兰，以后便是碰不得的"资产阶级腐朽文学"了。

及至赴法国留学，免不了要接触纪德、加缪等人的作品，但早已加量打了预防针，自然不会受到浸染，没留下一点好印象。就在写序这时候，再翻开当年精装本的教材，拉加德和米夏尔合编的《法国文选》（廿世纪卷），又看到纪德在幽暗书房里的那张照片：那张棱角分明的脸庞有刀刻似的竖纹；那双直勾勾的眼睛透过镜片，不知在注视什么无形的东西；他这戴着黑色（也许是暗红色，因是黑白相片）尖顶帽的脑袋里，也不知装着什么鬼念头；尤其挂在他身边的那副面具，简直就是他整个脸的复制品。记得当时看纪德的那幅照片，我首先想到的不是什么著名作家，而是（恕我不敬，现在要加上这句话，但当时本来对他就不屑一顾,怎么想都不过分)一个巫师。

焉知纪德不是个巫师呢?不独他的相貌酷似,还有他的"符咒"为证。当时看他写的东西,就像看符咒一样,觉得神秘难解,难怪教文选的若望·侯先生(现已退休的著名教授,近年还见过面,保持通信关系)只管讲解,对我们并不苛求。他选讲的几篇(我在书上做了课堂笔记,一翻阅便知),有《背德者》选段"我行我素的梅纳尔克"和"诱惑";《梵蒂冈的地窖》选段"无动机的行为",以及《伪币制造者》选段"私生的长处"。不知为什么没有选《人间食粮》《如果种子不死》……选多了还要添乱,仅此几篇,我就觉得进入巫师摆的"迷魂阵"中:纪德笔下的人物都那么怪,让人无法捉摸,肯定不是什么善类。

大概是青少年时期所受特定教育的缘故,我

在疑惑之年却毫不疑惑,只求认同,排斥异己;像纪德这样的"反动"作家,当然属排斥之列。等我过了不惑之年,反倒疑惑起来,从而接触了不少作家,为《法国廿世纪文学丛书》翻译了十来部,包括纪德的《背德者》,意外发现竟有这么多纪德。

这么说,纪德该是名人名家了。无论政界还是文坛,大凡名人,都标榜自己的一贯性,总扮演天使。然而,纪德则不然,他总是变化多端,看他一部部作品,我倒觉得他充当魔鬼的时候多(当初巫师的印象也许不无道理)。这一点他似乎并不隐讳,请看他的自白:

> 我是异端中的异端,总受各种离经叛道、思想的深奥隐晦和抵牾分歧所吸引。一种思想,唯其与众不同,才引起我的兴趣。(《人间

食粮》)

"异端中的异端",这是十足的撒旦口吻。我这样讲不用担心了,近日为写序还找到了旁证:传记文学高手莫洛亚就称纪德是"声望极高的神圣的魔鬼"。"神圣的魔鬼"还是魔鬼。

纪德向人宣扬什么呢?他说道:"幸福属于那些在世上无牵无挂的人,他们总是流动,怀着永恒的热忱到处游荡。我憎恶家园、家庭,憎恶人寻求安歇的所有地方,也憎恶持久的感情、爱的忠贞……"这像话吗?

"在下就是纪德,有话请当面讲,不要在背后嘀咕。"讲这话的人年龄不过二十八九,头戴黑礼帽,身披大斗篷,手持文明棍儿,虽然风尘仆仆,显见远游归来,但仍不失潇洒的风度,浑身焕发着青春气息。不错,看那炯炯有神的大眼睛、浓重的眉毛、光滑的长脸,正是年轻的纪德。

"你怎么能憎恶家庭?……"话一脱口,我就有点后悔:这种诘问击不中要害。我知道,安德烈·纪德出生在富有的新教徒家庭,父亲是法学教授,母亲本家是鲁昂的名门望族;他们在库沃维尔有庄园,在巴黎有豪华的住宅;不幸的是,性情快活、富有宽容和启迪精神的父亲过早辞世,只剩下凝重古板、生活俭朴并崇尚道德的母亲,家庭教育失去平衡;母亲尽责尽职,对儿子严加管教,对他的行为、思想,乃至开销,看什么书,买什么布料,都要提出忠告;直到1895年母亲去世,他才摆脱这种束缚的阴影,实现他母亲一直反对的婚姻,同他表姐玛德莱娜结合,时年已二十六岁了。

"不错,我憎恨家庭!那是封闭的窝,关闭的门户!"纪德平静地回答,他的齿音很重,在否定时却含有肯定的语气，"家庭这件幸福的衣裳很温暖，但是人长大了，就紧得难受，应当换掉。生活是多样的，人自身也是多样的，这足以向我提供无穷无尽的幸福……"他半眯着眼睛，神思仿佛又飞往他游历过的突尼斯、阿尔及利亚和意大利，"一旦环境变得与你相似，或者你变得像环境了，那么环境就对你不利了。你必须离开。对你最危险的，莫过于你的家庭、你的居室和你的过去。……你可能知道，我在蜜月旅行中大病一场，身体康复是个奇迹，可谓再生。我再生为一个新人，来到新的天地。……我的生命每一瞬间都有新鲜感……处于持续不断的感奋惊愕中。我见到含笑的嘴唇就想亲吻，见到脸上的血、眼中的泪就想吮吸，见到枝头伸过来的果实就想啃上一口……"

他声音洪亮，滔滔不绝地讲下去，正如他告

诫纳塔纳埃尔的:"你一开口讲话,就不要听别人的了。"这全是他在《人间食粮》中讲过的,不过,现在面对面,听他以激动的声调讲出来,我就不由自主地受到感染,心想谁还没有热情喷射的时候呢,实在不应该以诘难的口吻同纪德对话。我正要婉转地向他表明这种歉意,忽听他又说道:

"生命最美好的部分往往被幽禁了……要行动,就不必考虑这行为是好是坏。要爱,就不必顾忌这爱是善是恶……总之,不要明智,要爱……"

我又警觉起来:"要爱",什么爱? 同性恋吗? 这是世人对他诟病最多的一点。这种事虽古已有之,但我既不知其然,又不知其所以然,实在难以启齿,不觉低下头,要想个婉转的说法。抬头刚要开口,忽见周围出现好几个人,尽管穿戴不同，年龄各异，但是看相貌，个个都好像纪德。他们对我形成包围之势，顿时令我紧张起来。我知道纪德的嘴皮子好似刀子，善于讽刺和戏谑，一个都难对付，何况来了五六个。这个神态肃穆像个牧师；那个晃着和尚头好似老顽童；另一个颇为斯文，显见是位学者；还有一个头戴贝雷帽，俨然一个旅行家……不知世上有多少纪德，到齐了没有，哪个是真哪个是假？我知己而不知彼，还是少说为佳。这时，牧师却开了口：

"我是你童年的神圣朋友，你逃离我，不爱造物主而去爱造物，让你的肉体饱尝情爱，还执迷不悟，看来，你身上有个恶魔在作怪……"

"早就听说人性本恶，"老和尚头摇晃着脑袋，显出一副玩世不恭的样子，"我倒希望亲身检验一下……"

"要知道，人在风华正茂的时候，"年轻的纪德插话道,"心灵和肉体最适合恋爱,最有资格爱,也最有资格得到爱,亲吻拥抱最有劲头儿,好奇心最强烈,情欲也最有价值……"

"肉体的快感,瞬间的欢乐,你这样狂热,无非追逐正在流逝的东西……"牧师又说道。

"我们算什么,"学者模样的人正色说道,"无非存在于这生命的瞬间;任何未来的东西还未降临,整个过去就在这瞬间过去了。我们生命的每一瞬间,都根本无法替代。"

"我可不停留在口头上和理论上,"旅行家激动地说,"我就是要做瞬间的情人,明知留恋不住,为什么就不能深情地拥抱呢?……光在书本上读到海滨沙滩多么柔软,我看不够,还要赤着双脚去感受。我几度去非洲旅行,总抓住每一瞬间的新奇,拥抱一切抓得到的东西,强烈的欲望赋予我支配一切的权利……"

"支配,占有,不如追求那么有价值,"老和尚头连连摇着头说道,"在贪欲的嘴唇上,欢乐往往提前兑现,留下过快衰竭的印迹。因此,我越来越喜欢焦渴而不是解渴,越来越向往快乐而不是享乐,越来越想无限扩展爱而不是得到满足。我要告诫青年,占有渴求之物一向是虚幻的,而每种渴求给我的充实,胜过那种虚幻的占有……"

"你们总喜欢玩弄字眼儿,"青年纪德抢过话头,"什么支配、占有、追求,何必分得那么清楚。我的心毫无布防。一个光身的孩子,就是我的欲念。鸟儿歌唱,就是我爱情的声音。什么肉体欢乐、感官欢乐,别人谴责也不必在乎。反正我的青春一片黑暗,没有尝过大地的盐,也没有尝过大海的盐,原以为自己就是大地的盐,总怕失去自身的咸味。直到摆脱了从前保护过我,后来又奴役我的东西,我才有了第二个青春期。"

"唉!我真认不出你来了!"牧师连声叹惜,"现在你无法无天,不讲道德,不顾廉耻,完全否认过去,这是忘恩负义……"

青年纪德登时气得满脸通红,想发作,一时又语塞。学者却微微一笑,朗声说道:"朋友,人类珍爱自己的襁褓,可是,只有摆脱襁褓,人类才能成长。断奶的婴儿推开母亲的奶头,并不是忘恩负义。孩子,你再也不肯从这传统的、由人提纯过滤的奶水中吸取营养了。你已经长出牙齿,能咬食并咀嚼了,就应当到现实生活中去寻求食粮。要勇敢点儿,赤条条地挺立起来,你只需要自身汁液的冲腾和阳光的召唤,就能挺直地生长。诸位都知道,所有植物都把自己的种子散播到远处。瞧一瞧梧桐树和无花果树带翼的种子飞翔吧,它们似乎懂得,靠父辈的荫庇,就只能变得孱弱，衰退下去……"

这回可好，几个不速之客辩论起来，完全喧宾夺主了。我也用不着紧张了，可以从容地观察他们。纪德的善辩是出了名的，他明确说过：每种推理都有对应的驳论，只需找到就行了。看来他深谙此道，他发表了《人间食粮》之后，又写了剧本《萨于勒》，谴责那种追求瞬间和感官的刺激。他在《背德者》中，塑造了一个为了感官的享乐而背弃道德的人物；几年之后，他又在《窄门》中讲了个相反的故事：一个女子为了保持纯洁完美的德行，拒绝了尘世的欢乐和人间的幸福。他还向莫洛亚透露一个秘密："我在辩论中，总是站在对立面呀，要不然我怎么能辩论呢？"我想何止是辩论，他的每一部新作，大概总是站在对立面，驳斥他的前一部作品吧。不过我觉得，与其说他"善辩"，不如说他"善变"。

至少,同他青梅竹马的表姐,早就看出了这一点,说他有点像"变色龙",因而拒绝他的求婚,后来心软了才嫁给他,果然是既相爱又不幸的结合。

我眼前这几个人,恐怕全是纪德的化身。他们各执一端,煞有介事,仿佛在演戏,演他所说的"傻剧",也许他们真的在严肃讨论人生这个大课题。不管怎样,我不用开口,就能同几个纪德对话,何乐而不为呢?

"你真是反复无常。"牧师又说道,他扫视了一下所有的人,让我猜不透他是针对哪一个,"上次你又回来对我说,你厌倦了,不想再蒙骗自己的心灵,明白只有放弃一切,才能找到上帝。"

"放弃快乐就等于不战自败,"到底是青年人沉不住气,首先反击,"当初我太信守诺言了,我再也不信守啦!未来的,不忠实的,我多么爱你!"

"上帝以各种形式出现,"学者说出来的话,毕竟有一种深思熟虑的分量,"专注并迷恋一种形式,你就会迷住双眼。你关闭的每扇门外,无不站着上帝。要知道,万物都是上帝的形体……"

"我再重复一遍,亲近造物而疏远造物主,灵魂不可能获得幸福。"牧师以念经的腔调重复道。

"我们追求的难道是幸福吗?不是,而是我们心中最新情绪的宣泄!"青年纪德说话的声气,的确给人以宣泄的力量。

"其实,我们的灵魂如果还有点价值的话,"老和尚头也说道,"就是因为比别的灵魂燃烧得更炽热……"

"幸福是上天赐给的，"旅行家接过话头，"我在旅途中所见的山光水色、幼鸟的孵化、盛开的鲜花、一个赤身的牧童……无不体现我的幸福，都是我这内心春天的回声……"

"你们所说的欢乐，我都饱尝了。"牧师说，既像炫耀，又像布道，"你们所说的激情，我都宣泄过。我受欲望的驱使，到过多少地方，喝过多少清凉的泉水、香甜的牛奶，但是越饮越渴，干渴时时加剧，最后变得十分强烈，真想为这种欲念大哭一场。同样，我的肉体也饱尝了情爱，到头来一无所获。如今静下心来，数点我的幸福资财，只剩下荒冢的繁花了。如不及时醒悟，真会沉沦下去！"

"沉沦？"老和尚头笑道，"不要危言耸听！我就是一头扎进欢乐的海洋，而且惊讶地发现，自己在这海洋上游了个痛快，根本没有沉下听凭幽灵牵着鼻子走了。"

"我在肉欲的快感之外,仿佛还寻求另一种更隐秘的快感,"学者又说道,"我倒希望能找到一种学说,或者一个完整有序的思想体系,来解释纵欲的行为……"

"不是解释纵欲的行为,而是当作纵欲的庇护所吧?"牧师有点尖刻地说道,"精神的快乐胜过一切快乐;肉体的快感一旦消失,心灵往往感到内疚。这话可是你说过的,不会否认吧?"

在这种多边对话中,我端详这几个似曾相识的面孔。这牧师模样的人总持驳论,仿佛有意扮演纪德所说的对立面的角色;他只差没戴尖顶帽,否则我就该称他巫师了;也许他是《田园交响曲》中的那个虚伪的牧师。这个年轻人,想必是纪德处女作《安德烈·瓦尔特笔记》中的主角,书中的安德烈同生活中的安德烈一样,都在追求自己的表姐,是歌德笔下维特式的浪漫人物。再看这个旅行家,无疑是《背德者》中的米歇尔,他将新婚妻子的尸骨丢在阿尔及利亚的坎塔拉,又独自去游览和寻欢作乐了。至于这个学者派头的人,自然是到处讲座、给人作序的"文坛王子"。不要小看这个老和尚头,他可是个风云人物,经常主持代表大会和群众集会,应邀赴苏联访问……

"你误解了我追悔和惋惜的性质,"学者答道,"我心头痛悔的是我在青年时代郁郁寡欢,看重虚构的而轻视现实的东西,背离了生活……"

"所以你为了现实的东西,为了生活,就经不住诱惑,背离了道德!"牧师不无讽刺地说道。

"你所说的'诱惑',正是我所怀恋的,"学者从容答道,"如果说今天我感到懊悔,那不是因为受了几次诱惑,倒是因为抵制了许多诱惑,而后来我再去追求,那种诱惑已经不那么迷人,对我的思想也不那么有益了。"

"别人凭哪个上帝,凭什么理想,禁止我按照自己的天性生活呢?"安德烈·瓦尔特不无气愤地问道,"我相信我所走的是自己的路,也相信走的是正路。这种无限的自信,如果宣过誓,就可以称为信仰了。"

"要知道,万物来去匆匆,唯有上帝永存。"牧师又好似念经。

"最美的花也最先凋谢,永不凋谢的花是没有香味的。"米歇尔唱了一句反经。

"哼!凡是狂热的宗教,都有自己的信徒,都能激起炽热的信念。"老和尚头朗声说道,"有人会为信仰而死,也会为了信仰去杀人!"

……

"我始终赞赏《福音书》中追求快乐的非凡努力,"老和尚头继续说道,"书中向我们传达基督的话,头一个词就是'幸福的……',他头一次显圣,就是把水变成酒……"

"基督的头一句话'幸福的是哭泣的人',这又做何解释?"

"肯定不是鼓励哭泣,而是让人在快乐中,也要理解悲伤。不要用来世生活来安慰现世生活,去帮助我们接受现世的苦难。生活中几乎所有的苦痛,责任不在上帝而在人类本身。人一旦明白这一点,就不再甘心忍受这一些苦痛了……"

"同代人的种种游戏,从未引起我的兴趣,"学者也说道,"我写作不图阐明什么理论,不图证明什么。我希望写出这样一本书:青年从书中看不到任何思想,只以为看到自己的热情在喷射……"

这话不错。正如莫洛亚说的，纪德特有的性格、他的与众不同之处以及他的力量，就在于他是"一个晚熟而又不知悔改的青少年，将别的青少年感受到的东西，以更加完美的形式表现出来"，因而成为青年的一代宗师。"他没有带来任何学说、任何新思想"，只是"以经久不衰的青春和饱满的热情取悦于人"，赢得几代青年的热爱和尊敬。青年在他身上和书中寻找自己，也往往找到自身热情喷射的影像……

就在我走神儿这工夫，几个纪德倏忽消失了，只剩下我在孤灯下对着译稿和参考书。没有不散的对话，也没有完结的对话，这正是纪德的一贯做法。有一次，他要看看莫洛亚正在撰写的《雪莱传》，莫洛亚说还没有写完，纪德就说："我恰恰爱看没完的东西。一本写完的书，给我的印象就成了一件死物,再也碰不得了。一本正在写的书,对我就像活人那样具有吸引力。"

只可惜我没有抓住对话的机会,以时下流行的方式问纪德:"纪德先生,请问您最喜爱什么?最讨厌什么?"他很可能回答:"我最喜爱快乐,最讨厌扼杀快乐的一切伦理道德。"我们知道,快乐、纵欲、生活、幸福、爱……在纪德笔下这些全是同义词。他也许回答最喜爱坦白,最讨厌虚伪。的确,他一生不懈地同虚伪做斗争,就在他成为享誉世界的"文坛王子"之后,他还是选择了坦白,准备殉道,于1926年发表了《如果种子不死》,剖白他的最大秘密:爱恋青少年,不惜迎接毁灭的命运。"我认为,与其受到爱戴而自己并非其人,还不如受人憎恶而还自己的真面目。"然后便等待暴风雨的到来,结果只等来几个小小的冲击波。纪德也有可能回答他最喜爱魔鬼,最讨厌上帝。他为寻求幸福甚至可以下地狱,同魔鬼结盟,而敌手往往以上帝的名义攻击他:"造物主憎恶纪德。"

如何回答实在很难预料,譬如他也可以回答最喜爱变化,最讨厌固定。他一再强调:"不是处于进展的状态,无论多么幸福也不可取","不是'进展性'的快乐,我一概不屑一顾",因为在他看来,无论什么一经固定,就丧失活力了。这就是为什么,他活到八十二岁,"直到最后一分钟,他还是生龙活虎的"(莫洛亚语)。

正是他的这种"变",令多少崇拜他的人尴尬,令多少评论他的人迷惑不解。变就是否定,贯穿他的一生。纪德承认,他机灵地培育起来的"否定",在他身上相互巧妙地关联,交织成一面他逃不脱的网。然而,变化中也有同一性。他说,哪个进化论者会设想毛虫和蝴蝶之间有什么关系——除非不知道这两者是同一生物。"一种不变贯穿我的多变;我感到的多变,却总是我。"他感到这种不变存在就够了,始终不肯努力探究和认识自己:"毛虫若是专心认识自身,就永远也变不成蝴蝶了";"人一旦发现自己的样子,就想保持,总是处心积虑地像自己……比起反复无常来,我更讨厌某种坚定不移的始终如一,更讨厌要忠实于本身的某种意志,以及害怕自相矛盾的心理。"要维持自身的一致,维持一个公认的形象,就难免陷入虚伪当中,而一个人正是通过矛盾才表现出他的坦诚。

纪德认为,这种反复无常只是表面现象,其实正好迎合一种深藏的连贯性。无论处于什么心态,哪怕心律不齐,哪怕狂跳不已,但始终是他那颗坦诚的心。有人曾逼他用一句话概括他的未来作品,他回答说:"人人都得扮演角色。"许多人煞费苦心，一生都要扮演一个伟大的角色。纪德则不然，他一个思想能化出许多思想，忽然念及天使就扮演天使，忽然念及魔鬼就扮演魔鬼，即兴演出傻剧、讽刺剧、悲喜剧，还拉着观众一起表演，即使漏洞百出，有时甚至出丑，引起嘘声倒彩，也照样演得有声有色，落得个痛快，常常给人意外的惊喜，下得台来还是那个充满活力的纪德。

"文者见之谓之文，淫者见之谓之淫"，只有看不懂纪德的人，才会成为纪德主义者。纪德本人太看重自己，十分珍视他那永恒的、捉摸不定的变化，否定并抛弃一个个纪德，没有成为纪德主义者。我们当然也毫无理由无视纪德的忠告："丢掉我这本书，离开我吧。"去扮演什么纪德主义者的角色。

天主啊，我要称谢你，因我受造奇妙可畏。

——《圣经·诗篇》第139篇第14节

引言

我给予本书以应有的价值。这是一个尽含苦涩渣滓的果实,宛似荒漠中的药西瓜。药西瓜生长在石灰质地带,吃了非但不解渴,口里还会感到火烧火燎,然而在金色的沙上却不乏瑰丽之态。

我若是把主人公当作典范,那就得承认我的作品很不成功。即使少数几个人对米歇尔的这段经历感兴趣,也无非是疾恶如仇,要大义凛然地谴责他。我把玛丝琳写得那么贤淑并非徒劳,读者不会原谅米歇尔把自己看得比她还重。

我若是把本书当作对米歇尔的起诉状,同样也不会成功,因为,谁对主人公产生义愤也不肯归功于我。这种义愤,似乎是违背我的意志而产生的,而且来自米歇尔及我本人,只要稍有可能,人们还会把我同他混为一谈。

本书既不是起诉状,也不是辩护词,我避免下断语。如今公众不再宽恕作者描述完情节而不表明赞成还是反对。不仅如此,甚至在故事进行之中,人们就希望作者表明态度,希望他明确表示赞成阿尔赛斯特还是菲兰特[1],赞成哈姆莱特还是奥菲莉亚,赞成浮士德还是玛格丽特,赞成亚当还是耶和华。我并不断言中立性(险些说出模糊性)是一位巨匠的可靠标志,但是我相信,不

---

[1] 法国古典主义戏剧家莫里哀的诗剧《恨世者》中的人物。

少巨匠十分讨厌……下结论,准确地提出一个问题,也并不意味着推定它早已解决了。

我在此使用"问题"一词也是违心的。老实说,艺术上无问题可言,艺术作品也不足以解决问题。

如果把"问题"理解为"悲剧",那么我要说,本书叙述的悲剧,虽然在主人公的灵魂中进行,也还是太普通,不能限定在他个人的经历中。我无意标榜自己发明了这个"问题",它在成书之前就已存在。不管米歇尔告捷还是屈服,这个"问题"依然存在,作者也不拟议胜败为定论。

如果几位明公只肯把这出悲剧视为一个怪现象的笔录,把主人公视为病人;如果他们未曾看出主人公身上具有某些恳切的思想与非常普遍的意义,那么不能怪这些思想或这出悲剧,而应当怪作者。我是说应当怪作者的笨拙。尽管作者在本书中投进了全部热情、全部泪水和全部心血,然而,一部作品的实际意义和一朝一夕的公众对它的兴趣,这两件事毕竟大相径庭。宁可拿着好货而无人问津,也不屑于哗众取宠,图一时之快。我以为这样考虑算不上自命不凡。

　　眼下,我什么也不想证明,只求认真绘制,并为这一画幅配好光亮色彩。

献给亨利·盖翁

　　——他的真挚伙伴安·纪德

致内阁总理 D.R. 先生的信

西迪·b.M. 189× 年 7 月 30 日

是的,你猜得不错,我亲爱的兄弟,米歇尔对我们谈了。这就是他的叙述。你要看看,我也答应了你,不过,要寄走的当儿,我又迟疑了。重新读来,我越往下看,越觉得可怕。啊!你会怎样看我们的朋友呢?再说,我本人又如何看呢?难道我们把他一棍子打死,否认他残忍的性情会改好吗?恐怕如今不止一个人敢于承认在这篇叙述里可以看到自己的影子。人们是设法发挥这种人的聪明才智,还是轻易拒绝让他们享有公民权利呢?

米歇尔对国家能有什么用?不瞒你说,我不知道……他应当有个差使。你才德出众,身居高位,又握着大权,能给他找个差使吗?——从速解决。米歇尔忠于职守,现在依然,然而,过不了多久,他就要只忠于他自己了。

我是在湛蓝的天空下给你写信的。我和德尼、达尼埃尔来了十二天,这儿响晴薄日,没有一丝云彩。米歇尔说两个月来碧空如洗。

我既不忧伤也不快乐。这里的空气使我们心里充满一种无名的亢奋,进入一种似乎无苦无乐的状态。也许这就是幸福吧。

我们守在米歇尔身边,不愿意离去。你若是看了这些材料,就会明白其中的缘故了。我们就是在这里,在他的居所等待你回信。不要拖延。

你也知道,德尼、达尼埃尔和我,上中学时就跟米歇尔关系密切,后来我们的友谊逐年增长。我们四人之间订了某种协定:哪个一发出呼唤,另外三人就要响应。因此,我一收到米歇尔神秘的呼叫,就立即通知达尼埃尔和德尼,我们三个丢下一切,马上启程。

我们有三年没见到米歇尔了。当时他结了婚,携妻子旅行,上次他们经过巴黎时,德尼在希腊,达尼埃尔去了俄国,而我呢,你也知道,我正守护着我那染病的父亲。当然,我们还是互通音信。西拉和维尔又见过他,他俩告诉我们的情况使我们大为诧异。我们一时还解释不了。今非昔比,从前他是个学识渊博的清教徒,由于过分笃诚而举止笨拙,眼睛极为明净,面对他那目光,我们过于放纵的谈话往往被迫停下来。从前他……他的记述中都有，何必还向你介绍呢？

　　德尼、达尼埃尔和我听到的叙述，现在原原本本地寄给你。米歇尔是在他住所的平台上讲的，我们都在他旁边，有的躺在暗影里，有的躺在星光下。讲完的时候，我们望见平原上晨光熹微。米歇尔的房子，以及相距不远的村庄，都俯临着平原。庄稼业已收割，天气又热，这片平原真像沙漠。

　　米歇尔的房子虽然简陋古怪，却不乏魅力。冬天屋里一定很冷，因为窗户上没安玻璃，或者干脆说没有窗户，只有墙上的大洞。天气好极了，我们到户外躺在凉席上。

　　我还要告诉你，我们一路顺风，傍晚到达这里，因为天气炎热而感到十分劳顿，可是新鲜景物又使我们沉醉。我们在阿尔及尔只作短暂停留，便去君士坦丁。从君士坦丁再乘火车，直达西迪·b.M.，那里有一辆马车等候着我们。离村子还很远，公路就断了。就像翁布里亚[1]地区的一些村镇那样，这座村庄斜卧在山坡上。我们徒步上山，箱子由两头骡子驮着。从这条路上去，村子的头一栋房子便是米歇尔的住宅。有一座隔着矮墙，或者说圈着围墙的花园，里面长着三棵弯弯曲曲的石榴树、一棵挺拔茂盛的欧洲夹竹桃。一个卡比尔[2]小孩正在那儿玩，他见我们走近，便翻墙逃之夭夭。

米歇尔见到我们并无快乐的表示，他很随便，似乎害怕流露出任何感情。不过，到了门口，他表情严肃地挨个同我们三人拥抱。

直到天黑，我们也没有交谈十句话。晚餐摆在客厅里，几乎是家常便饭。客厅的豪华装饰却

---

1 意大利中部地区。
2 居住在阿尔及利亚的柏柏尔人。

令我们惊异,不过,你看了米歇尔的叙述就会明白。吃完饭,他亲手给我们煮咖啡喝。然后,我们登上平台,这里视野开阔,一望无际。我们三人好比约伯[1]的三个朋友,一边等待着,一边观赏火红的平原上白昼倏然而逝的景象。

等到夜幕降临,米歇尔便讲了起来——

---

1 《圣经》中人物,他具有隐忍精神,经受住了神的考验。

第一部

第一篇

一

　　亲爱的朋友,我知道你们都忠于友谊。你们一呼即来,正如我听到你们的呼唤就会赶去一样。然而,你们已有三年没有见到我。你们的友谊经受住了久别的考验,但愿它也能经受住我此番叙述的考验。我之所以突然召唤你们,让你们长途跋涉来到我的住所,就是要同你们见见面,要你们听我谈谈。我不求什么救助,只想对你们畅叙。因为我到了生活的关口,难以通过了。但这不是厌倦,只是我自己难以理解。我需要……

告诉你们,我需要诉说。善于争得自由不算什么,难的是善于运用自由。——请允许我谈自己。我要向你们叙述我的生活,随便谈来,既不缩小也不夸大,比我讲给自己听还要直言不讳。听我说吧——

记得我们上次见面,是在昂热郊区的农村小教堂里,我正举行婚礼。宾客不多,但都是挚友,因此,那次普通的婚礼相当感人。我看出大家很激动,自己也激动起来。从教堂出来,你们又到新娘家里,同我们用了一顿快餐。然后,我们登上租来的马车出发了。我们的思想依然随俗,认为结婚必旅行。

我很不了解我妻子,想到她也同样不了解我,心中并不十分难过。我娶她时没有感情,主要是遵奉父命。父亲病势危殆,只有一事放心不下,怕把我一人丢在世上。在那伤痛的日子里,我念着弥留的父亲，一心想让他瞑目于九泉，就这样完成了终身大事，却不清楚婚后生活究竟如何。在奄奄一息的人床头举行订婚仪式，自然没有欢笑，但也不乏深沉的快乐。我父亲是多么欣慰啊。虽说我不爱我的未婚妻，但至少我从未爱过别的女人。在我看来，这就足以确保我们的美满生活。我对自己还不甚了了，却以为把身心全部献给她了。玛丝琳是孤儿，同两个兄弟相依为命。她刚到二十岁，我比她大四岁。

我说过我根本不爱她，至少我对她丝毫没有所谓爱情的那种感觉。不过，若是把爱情理解为温情、某种怜悯以及理解敬重之心，那我就是爱她的。她是天主教徒，而我是新教徒……其实，我觉得自己简直不像个教徒！神父接受我，我也接受神父——这事万无一失。

如别人所称，我父亲是"无神论者"，至少

我是这样推断的,我从未能同他谈谈他的信仰,这在我是由于难以克服的腼腆,在他想必也如此。我母亲给我的胡格诺[1]教派的严肃教育,同她那美丽的形象一起在我心上渐渐淡薄了——你们也知道我早年丧母。那时我还想象不到,童年最初接受的道德是多么紧地控制我们,也想象不到它给我们的思想留下什么影响。母亲向我灌输原则的同时,也把这种古板严肃的作风传给了我,我全部贯彻到研究中去了。我十五岁时丧母,由父亲抚养。他既疼爱我,又向我传授知识。当时我已经懂拉丁语和希腊语,跟他又很快学会了希伯来语、梵文,最后又学会了波斯语和阿拉伯语。将近二十岁,我学业大进,以致他都敢让我参加他的研究工作,还饶有兴趣地把我当作平

---

[1] 16世纪至18世纪,法国天主教派对加尔文教派的称呼。

起平坐的伙伴,并力图向我证明我当之无愧。以他名义发表的《漫谈弗里吉亚人的崇拜》,就是出自我的手笔,他仅仅复阅一遍。对他来说,这是最大的赞扬。他乐不可支,而我看到这种肤浅的应景之作居然获得成功,却不胜惭愧。不过,从此我就有了名气。学贯古今的巨擘都以同人待我。现在我可以含笑对待别人给我的所有荣誉……就这样,到了二十五岁,我几乎只跟废墟和书籍打交道,根本不了解生活。我在研究中消耗了罕见的热情。我喜欢几位朋友(包括你们),但我爱的是友谊,而不是他们;我对他们非常忠诚,但这是对高尚品质的需求;我珍视自己身上每一种美好情感,然而,我既不了解朋友,也不了解自己。我本来可以过另一种生活,别人也可能有不同的生活方式,这种念头从来就没有在我的头脑里闪现过。

我们父子二人布衣粗食,生活很简朴,花销极少,以致我到了二十五岁还不清楚家道丰厚。我不大想这种事,总以为我们只是勉强维持生计。我在父亲身边养成了节俭的习惯,后来明白我们殷实得多,还真有点难堪。我对这类俗事很不经意,甚至父亲去世之后,我作为唯一的继承人,也没有弄清自己的财产。直到签订婚约时才恍然大悟,同时发现玛丝琳几乎没有带来什么嫁妆。

还有一件事我懵然不知,也许它更为重要——我的身体弱不禁风。如果不经受考验,我怎么会知道呢?我时常感冒,也不认真治疗。我的生活过于平静,这既削弱又保护了我的身体。反之,玛丝琳倒显得挺健壮。不久,我们就认识到,她的身体的确比我好。

花烛之夜,我们就睡在我在巴黎的住所——早已有人收拾好两个房间。我们在巴黎仅仅稍事停留,买些必需的东西,然后去马赛,再换乘航船前往突尼斯。

那一阵急务迭出,头绪纷繁,弄得人头晕目眩。为父亲服丧十分悲痛,继而办喜事又免不了心情激动,这一切使我精疲力竭。上了船,我才感到劳累。在那之前,每件事都增添疲劳,但又分散我的精神。在船上一闲下来,思想就活动开了。有生以来,这似乎是头一回。

我也是头一回这么长时间脱离研究工作,以往,我只肯短期休假。当然,几次旅行时间稍长些,一次是在我母亲离世不久,随父亲去西班牙,历时一个多月;另外一次去德国,历时一个半月;还有几次,都是工作旅行。旅行中,父亲的研究课题十分明确,从不游山玩水;而我呢,只要不陪同他,就捧起书本。然而这次,我们刚一离开马赛,格拉纳达和塞维利亚[1]的种种景象就浮现在我的脑海。那里天空更蓝,树荫更凉爽,那里充满了欢歌笑语,像节日一般。我想,此行我们又要看到这些了。我登上甲板,目送马赛渐渐离去。

继而,我猛然想起,我有点丢开玛丝琳不管了。

她坐在船头,我走到近前,第一次真正看她。

玛丝琳长得非常美。这你们是知道的,你们见过她。悔不该当初我没有发觉。我跟她太熟了,难以用新奇的目光看她。我们两家是世交,我是看着她长大的,对她如花般的容貌早已习以

---

[1] 西班牙的两个地方。

为常……我第一次感到惊异,觉得她太秀美了。

她头戴一顶普通的黑草帽,任凭大纱巾舞动。她一头金发,但并不显得柔弱。裙子和上衣的布料相同,是我们一起挑选的苏格兰印花细布。我自己服丧,却不愿意她穿得太素气。

她觉出我在看她,于是朝我回过身来……直到那时,我对她虽然算不上热情,好歹以冷淡的客气代替爱情。我看得出来,这使她颇为烦恼。此刻,玛丝琳觉察出我头一回以不同的方式看她吗?她也定睛看我,接着极为温柔地冲我微笑。我没有开口,在她身边坐下。直到那时,我只为自己生活,至少按照自己的意志生活。我结了婚,但仅仅把妻子视为伙伴,根本没考虑我的生活会因为我们的结合而发生变化。这时,我才明白独角戏到此结束。

甲板上只有我们二人。她把额头伸向我,我

把她轻轻搂在胸前；她抬起眼睛，我亲了她的眼睑。这一吻不要紧，我猛地感到一种新的怜悯之情油然而生，充塞我的心胸，不由得热泪盈眶。

"你怎么啦？"玛丝琳问我。

我们开始交谈了。她的美妙话语使我听得入迷。从前，我根据观察而产生成见，认为女人愚蠢。然而，那天晚上在她身边，我倒是觉得自己又笨又傻。

这样说来，我与之结合的女子，有她自己真正的生活！这个想法很重要，以致那天夜里，我几次醒来，几次从卧铺上支起身子，看下面卧铺上我妻子玛丝琳的睡容。

翌日天朗气清，大海近乎平静。我们慢悠悠地谈了几句话，拘束的感觉又减少了。婚姻生活真正开始了。十月最后一天的早晨，我们在突尼斯下船。

我只打算在突尼斯小住几天。我向你们谈谈我这愚蠢想法：在这个我新踏上的地方，只有迦太基和罗马帝国的几处遗址引起我的兴趣，诸如奥克塔夫向我介绍过的提姆加德、苏塞的镶嵌画建筑，尤其是杰姆的古剧场，我要立即赶去参观。首先要到苏塞，从那里再改乘驿车。但愿这一路没有什么可参观的景物。

然而，突尼斯使我大为惊奇。我身上的一些部位、一些尚未使用的沉睡的官能，依然保持着它们神秘的青春，一接触新事物，它们就兴奋起来。我主要不是欣喜，而是惊奇、愕然。我尤为高兴的是，玛丝琳快活了。

不过，我日益感到疲惫，但不挺住又觉得难为情。我不时咳嗽，不知何故，胸部闹得慌。我想我们南下，天气渐暖，我的身体会好起来。

斯法克斯的驿车晚上八点钟离开苏塞，半夜

一点钟经过杰姆。我们订了前车厢的座位,料想会碰到一辆不舒适的简陋的车,情况却相反,我们乘坐的车还相当舒适。然而寒冷!……我们两个相信南方温暖的气候,都穿得非常单薄,只带一条披巾,幼稚可笑到了何等地步?刚一出了苏塞城和它的山丘屏障,风就刮起来。风在平野上蹿跳,怒吼,呼啸,从车门的每条缝隙钻进来,防不胜防。到达时我们都冻僵了。我还由于旅途颠簸,十分劳顿,咳得厉害,身体更加支持不住。这一夜真惨!——到了杰姆,没有旅店,只有一个破烂不堪的堡[1]权当歇脚之处,怎么办呢?驿车又启程了。村子的各户人家都已睡觉。夜仿佛漫漫无边,废墟的怪状隐约可见,犬吠声此呼彼应。我们还是回到土垒的厅里,里边放着

---

[1] 北非的一种建筑物,可做住房、商队客店或堡垒。

两张破床,不过,在厅里至少可以避风。

次日天气阴晦。我们出门一看,不禁大吃一惊,只见天空一片灰暗。风一直未停,只是比昨夜小了些。驿车到傍晚才经过这里……跟你们说,这一天实在凄清。古剧场一会儿就跑完了,相当扫兴,在这阴霾的天空下,我甚至觉得它很难看。也许是疲惫的缘故,我感到特别无聊,想找找碑文也是徒劳,将近中午就无事可干,我颓然而返。玛丝琳在避风处看一本英文书,幸好她带在身边。我回来,挨着她坐下。

"多愁惨的一天!你不觉得十分无聊吗?"我问道。

"不,你瞧,我看书呢。"

"我们到这里来干什么呢?你不冷吧。"

"不太冷。你呢?真的!你脸色刷白。"

"没事儿……"

晚上,风刮得又猛了……

驿车终于到来。我们重又赶路。

在车上刚颠了几下,我就感到身子散了架。玛丝琳非常困乏,倚着我的肩头很快睡着了。我心想咳嗽别把她弄醒了,于是轻轻地,轻轻地移开,扶她偏向车壁。然而,我不再咳嗽了,却开始咯痰。这是新情况,咯出来并不费劲,间隔一会儿咯一小口,感觉很奇特。起初我几乎挺开心,但嘴里留下一种异味,我很快又恶心起来。工夫不大,我的手帕就用不得了,还沾了一手。要叫醒玛丝琳吗?……幸而想起有一条长巾披在她的腰带上,我轻轻地抽出来。痰越咯越多,再也止不住了,咯完感到特别轻松,心想感冒快好了。可是突然,我觉得浑身无力,头晕目眩,好像要昏倒。要叫醒她吗?……唉!算了!……(想来从童年起,我就受清教派的影响,始终憎恨任何因为软弱而自暴自弃的行为,并立即把那称为怯懦。)我振作一下,抓住点东西,终于控制住眩晕……只觉得重又航行在海上,车轮的声音变成了浪涛声……不过,我倒停止咯痰了。

继而,我昏昏沉沉,打起瞌睡来。

当我醒来的时候,已经满天曙光了。玛丝琳依然沉睡着。快到站了。我手中拿的长巾黑乎乎的,一时没看出什么来,等我掏出手帕一看,不禁傻了眼,只见上面满是血污。

我头一个念头是瞒着玛丝琳。可是,怎么才能不让她看到吐的血呢?——浑身血迹斑斑,现在我看清楚了,到处都是,尤其手指上……真像流了鼻血……好主意,她若是问起来,我就说流了鼻血。

玛丝琳一直睡着。到站了。她先是忙着下车,什么也没看到。我们预订了两间客房。我趁机冲进我的房间,把血迹洗掉了。玛丝琳什么也没有发现。

但是,我身体十分虚弱,吩咐伙计给我们俩送上茶点。她脸色也有点苍白,但非常平静,笑盈盈地斟上茶。我在一旁不禁气恼,怪她不留心。当然,我也觉得自己有失公正,心想是我掩盖得好,才把她蒙在鼓里。这样想也没用,气儿就是不顺,它像一种本能似的在我身上增长,侵入我的心……最后变得十分强烈。我再也忍不住了,装作漫不经心地对她说道:

"昨天夜里我吐血了。"

她没有惊叫,只是脸色更加苍白,身子摇晃起来,本想站稳,却一头栽倒在地板上。

我疯了一般冲过去:玛丝琳!玛丝琳!——真要命!这怎么得了!我一个人病了还不够吗?——刚才我说过,我身体非常虚弱,几乎也要昏过去。我打开门叫人,伙计跑来。

我想起箱子里有一封引荐信,是给本城一位军官的。我就凭着这封信,派人去请军医。

不过,玛丝琳倒苏醒过来。现在,她俯在我的床头,而我却躺在床上烧得发抖。军医来了,检查了我们两人的身体。他明确说,玛丝琳没事,跌倒时没有伤着;至于我,病情严重,他甚至不愿意说是什么病,答应傍晚之前再来。

军医又来了,他冲我微笑,跟我说了几句话,给了我好几种药。我明白他认为我的病治不好了。——要我以实相告吗?当时我没有惊跳。我非常疲倦,无可奈何,只好坐以待毙。——"说到底,生活给了我什么呢?我兢兢业业工作到最后一息,坚决而满腔热忱地尽了职。余下的……哼!跟我有什么关系?"我心中暗道,觉得自己一生清心寡欲,值得称道。只是这地方太简陋。

"这间客房破烂不堪。"我环视房间。我猛然想到：在隔壁同样的房间里，有我妻子玛丝琳。于是，我听见她说话的声音。大夫还没有走，正同她谈话，而且尽量把声音压得很低。过了一会儿，我大概睡着了。

等我醒来的时候，玛丝琳在我身边。我一看就知道她哭过。我不够热爱生活，因此不吝惜自己。只是这地方简陋，我看着别扭。我的目光几乎带着快感，落在她的身上。

现在，她在我身边写东西。我觉得她很美。我看见她封上好几封信，然后她起身走到我的床前，温柔地抓住我的手：

"你现在感觉怎么样？"她问道。

我微微一笑，忧伤地说："我能治好吗？"

她立即回答："治得好呀！"她的话充满了强烈的信心，几乎使我也相信了，就像模糊感到生活的整个前景和她的爱情一样，我眼前隐约出现万分感人的美好幻象，以致泪如泉涌。我哭了许久，既不能也不想控制自己。

玛丝琳真令人钦佩，她以多么炽烈的爱才劝动我离开苏塞，从苏塞到突尼斯，又从突尼斯到君士坦丁……她扶持，救疗，守护，表现得多么亲热体贴！后来到比斯克拉病才治愈。她信心十足，热情一刻未减，安排行程，预订客房，事事都做好准备。唉！要使这趟旅行不太痛苦，她却无能为力。有好几回我觉得不能再走，要一命呜呼了。我像垂危的人一样大汗不止，喘不上气来，有时昏迷过去。第三天傍晚到达比斯克拉，我已经奄奄一息了。

二

　　为什么谈最初的日子呢？那些日子还留下什么呢？只有无声的惨痛的记忆。当时我已不明白自己是何人，身在何地。我眼前只浮现一个景象：我生命垂危，病榻上方俯身站着玛丝琳，我的妻子，我的生命。我知道完全是她的精心护理、她的爱把我救活了。终于有一天，犹如迷航的海员望见陆地一样，我感到重现一道生命之光，我能够冲玛丝琳微笑了。为什么叙述这些情况呢？重要的是，拿一般人的说法，死神的翅膀碰到了我。重要的是，我十分惊奇自己还活着，并且出乎我的意料，世界变得光明了。我心想，从前我不明白自己在生活。这回要发现生活，我的心情一定非常激动。

终于有一天，我能起床了。我完全被我们这个家给迷住了。简直就是一个平台。什么样的平台啊！我的房间和玛丝琳的房间都对着它。它往前延伸便是屋顶。登上最高处，望见房屋之上是棕榈树，棕榈树之上是沙漠。平台的另一侧连着本城的花园，并且覆盖着花园边上金合欢树的枝叶。最后，它沿着一个庭院延伸，到连接它与庭院的台阶为止。小庭院很齐整，匀称地长着六棵棕榈树。我的房间非常宽敞，白粉墙一无装饰，有一扇小门通向玛丝琳的房间，一道大玻璃对着平台。

一天天不分时日，在那里流逝。我在孤寂

中,有多少回重睹了这些缓慢的日子!……玛丝琳守在我的身边,或看书,或缝纫,或写字。我则什么也不干,只是凝视她。玛丝琳啊!玛丝琳!……我望着,看见太阳,看见阴影,看见日影移动。我头脑几乎空白,只有观察日影。我仍然很虚弱,呼吸也非常困难,做什么都累,看看书也累。再说,看什么书呢?存在本身,就足够我应付的了。

一天上午,玛丝琳笑呵呵地进来,对我说:

"我给你带来一个朋友。"于是,我看见她身后跟进来一个褐色皮肤的阿拉伯儿童。他叫巴齐尔,一对大眼睛默默地瞧着我。我有点不自在,这种感觉就已经劳神。我一句话不讲,显出气恼的样子。孩子看见我态度冷淡,不禁慌了神儿,朝玛丝琳转过去,偎在她身上,拉住她的手,拥抱她,露出一对光着的胳膊,那动作就像小动物一样亲昵可爱。我注意到,在那薄薄的白色无袖长衫和打了补丁的斗篷里面,他是完全光着身子的。

"好了!坐在那儿吧。"玛丝琳见我不自在,就对他说,"乖乖地玩吧。"

孩子坐到地上,从斗篷的风帽里掏出一把刀,拿着一块木头削起来。我猜想他是要做个哨子。

过了一会儿,我在他面前不再感到拘束了,便瞧着他。他仿佛忘记了自己在什么地方。他光着两只脚,脚腕手腕都很好看。他使用那把破刀,灵巧得逗人。真的,我对这些发生了兴趣吗?他的头发理成阿拉伯式的平头,戴的小圆帽很破旧,流苏的地方有一个洞。无袖长衫垂下一点儿,露出娇小可爱的肩膀。我真想摸摸他的肩膀。我俯过身去,他回过头来,冲我笑笑。我示意他把哨子给我,我接过来摆弄着,装作非常欣赏。现在他要走了。玛丝琳给了他一块蛋糕,我给了两个铜子。

次日,我第一次感到无聊。我期待着,期待什么呢?我觉得无事可干,心神不宁。我终于憋不住了:

"今天上午,巴齐尔不来了吗,玛丝琳?"

"你要见他,我这就去找。"

她丢下我,出去了,一会儿工夫又只身回来。疾病把我变成什么样子了?看到她没有把巴齐尔带来,我伤心得简直要落泪。

"太晚了,"她对我说,"孩子们放了学都跑散了。要知道,有些孩子真可爱。我想现在他们都认识我了。"

"至少想办法明天让他来。"

次日,巴齐尔又来了。他还像前天那样坐

下，掏出刀来，要削一个硬木块，可是木头没削动，拇指倒割了个大口子。我吓得一抖，他却笑起来，伸出亮晶晶的刀口，瞧着流血很好玩。他一笑，就露出雪白的牙齿。他津津有味地舔伤口。啊！他的身体多好啊！这正是他身上使我着迷的东西：健康。这个小躯体真健康。

第二天，他带来一些弹子，要我一起玩。玛丝琳不在，否则会阻止我。我犹豫不决，看着巴齐尔。小家伙抓住我的胳膊，把弹子放在我的手里，非要我玩不可。我一弯腰就气喘吁吁，但我还是撑着跟他玩。我非常喜爱巴齐尔高兴的样子。最后，我支持不住了，已经汗流浃背，扔下弹子，一下子倒在沙发上。巴齐尔有点惊慌地看着我。

"病啦？"他亲热地问道，那声音美妙极了。玛丝琳回来了。

"把他领走吧,今天上午我累了。"我对她说。

几小时之后,我又咯了一口血。我正在平台上步履沉重地散步,玛丝琳在她房间里干活,好在她什么也没有看见。当时我气喘,就深呼了一口气,突然上来了,满嘴都是……但不像初期那样咯鲜血,这回是一个肮脏的大血块,我恶心地吐在地上。

我踉跄了几步,心里七上八下,浑身发抖,非常担心,又非常恼火。在这以前,我认为病会一步步好起来,只要等待痊愈就行了,这一突然变故又把我抛向后边。怪哉,最初咯血的时候,我没有这样害怕过,记得我那时候几乎是平静的。现在怕从何而来,恐惧从何而来呢?是了,唉!我开始热爱生活了。

我反身回去,弯着腰,找到了我咯的血,用

一根草茎挑起来,放在我的手帕上,仔细瞧瞧。这是一摊发黑的肮脏的血,黏糊糊的,看着真恶心。我想到巴齐尔的鲜红鲜红的血。我突然产生一种欲望,一种渴求,产生一种从未有过的强烈而急切的念头:活下去!我要活下去,我要活下去。我咬紧牙,握紧拳头,发狂地、懊恼地集中全身力气走向生活。

这次咯血的前一天,我收到T的一封信。信中回答了玛丝琳担心的问题,满篇都是治疗方法,还附来几本医学普及读物和一本更加专业的书。我觉得这本专著更加严肃些。我漫不经心地浏览一遍信,根本没看印刷品。首先,因为这些小册子很像童年时大量塞给我的道德小读物,引不起我的好感;其次,因为所有这些建议令我心烦;再说,我认为《结核患者手册》《结核病实践治疗法》之类的书，并不符合我的病情。我认为自己没有患结核病。我情愿把最初的咯血归咎于别种原因，或者老实说，我根本不找原因，回避想这事，也不大考虑，断定自己即或不是痊愈，至少也快要治好了……现在我看了信，又手不释卷地读了那本书和小册子。犹如大梦初醒，我猛然感到我的治疗不得法。在此之前，我得过且过，完全抱着不切实际的希望。现在我猛然感到自己的生命遭受打击，其核心受了重创，似乎众多敌人在我身上积极活动。我谛听，我窥视，我感觉到了，但不经过搏斗是战胜不了的……我还低声补充一句："这是意志问题。"就好像为了使自己更加信服似的。

我的心理进入了敌对状态。

天色渐晚，我制订了自己的战略。在一段时间内，我研究的唯一目的，就是要治好病。我的义务，就是恢复身体健康。只要对我身体有益的，就说好称善；凡是不利于治病的，全部忘掉丢开。晚饭前，就呼吸、活动、饮食几方面，我已做出了决定。

我们在一个小亭子里用餐，周围平台环绕，远离尘嚣，安安静静，两人单独吃饭，的确富有情趣。一名老黑人从附近一家饭店给我们送来能够将就的饭菜。玛丝琳管订菜，要这盘，不要那盘……我平时不大觉得饿，缺什么菜，订的菜不够，我也不怎么在意。玛丝琳食量小，不知道，也没有察觉我不够吃。在我的所有决定里，多吃是首要的一条。我打算这天晚上就付诸实践，不料无法实行。订的不知道是什么菜汤，无法下咽，还有烤肉，火候太过，简直拿人开玩笑。

我火冒三丈，把气撒在玛丝琳身上，冲她讲了一大通难听的话。我指责她，听我那口气，仿佛她早就应当感到,菜做得不好的责任在她。我刚刚采用了饮食法,就推迟实行,这小小的延误后果极为严重。我把前些日子的情况置于脑后,认为少这一餐,身体就垮了。我固执己见。玛丝琳只好进城去买罐头、随便什么肉糜。

时间不长,她就买回来一小罐。我狼吞虎咽,几乎全吃光了,仿佛要向我们两人证明,我需要多吃些。

当天晚上,我们商量决定,伙食要大大改善,也要增加数量:每三小时一餐,早晨六点半就开第一餐。饭店的菜太一般,要大量添加各种各样的罐头食品……

这天夜里我难以成眠,完全沉醉在新的疗效的预感中。想来我有点发烧,正好身边有一瓶矿泉水,我喝了一杯,两杯,第三次干脆对着瓶口,把剩下的一口气喝光。我重温了一下决心干的事,就像复习功课一样。我要学会使用敌意去对付任何事情,我必须同一切搏斗——我只有自己救自己。

最后,我望见夜空发白,快天亮了。

这是我重大行动的准备之夜。

次日是星期天。必须承认,我一直没有过问玛丝琳的宗教信仰,是漠不关心还是碍于面子,反正我觉得这与己无关,我也根本不重视。等她回来我听说,她为我祈祷了。我定睛看了她一会儿,然后口气尽量温和地说:

"不必为我祈祷,玛丝琳。"

"为什么?"她颇为不安地问道。

"我不喜欢寻求保护。"

"你拒绝天主的保佑?"

"事后,他就要我感恩戴德。这样就得报恩,我可不愿意。"

我们表面上在说笑,但谁心里都明白我这话的重要性。

"可怜的朋友,单靠自己,你治不好的。"她叹道。

"治不好也认了……再说,"我见她神色黯然,口气就缓和一点儿补充道,"有你帮助我呀。"

三

我还要长时间地谈论我的身体。我要大谈特谈。你们乍一听,准会以为我忘掉了精神方面。在这个叙述中,这种疏忽是有意的,当时在那儿也是实际情况。我没有足够气力维持双重生活,心想精神和其余的事等我病好转后再考虑不迟。

我的身体还远远谈不上好转,动不动就出虚汗,动不动就着凉,如同卢梭讲的那样,我"呼吸短促"。有时发低烧,早晨一起来就常常疲惫不堪。于是我蜷缩在扶手椅里,对一切都漠然,只顾自己，一心想呼吸顺畅些。我艰难地、小心地、有条理地吸气，呼气时总有两声震颤，我以多大毅力也不能完全憋住。后来很长一段时间，我只有非常注意才能避免。

不过，我最头疼的是，我的病体对气温的变化非常敏感。今天想来，我认为是病上加病，整个神经系统紊乱了。我找不出别种解释，因为那一系列现象，仅仅当成结核病症状是说不通的。我不是感到太热，就是感到太冷。添加衣服到了可笑的程度，一不打寒战，就又出起虚汗；脱掉一些，一不出虚汗，就又开始打寒战。我身体有几个部位冻僵了，尽管也出汗，摸着却跟大理石一样冰凉，怎么也暖和不过来。我怕冷到了如此地步，洗脸时脚面上洒了点水，这就感冒了；怕热也是这样。这种敏感我保留了下来，至今依然，不过现在却很受用，全身感到通畅舒坦。我认为任何强烈的敏感都可以成为痛快或难受的起因,这取决于肌体的强弱。从前折磨我的种种因素,现在却使我心旷神怡。

不知道为什么,直到那时,我居然把门窗关得严严的睡觉。遵照T的建议,我试着夜间敞着窗户。起初打开一点点,不久便大敞四开。我很快就习以为常,窗户非开着不可,一关上就透不过气来。后来,夜风和月光入室接近我,我感到多么惬意啊!……

总之,我心情急切,恨不能一下子跨过初见转机的阶段。多亏了坚持不懈的护理,多亏了清新的空气和营养丰富的食品,不久我的身体就好起来。我一直怕上下台阶气喘,没敢离开平台,可是到了一月初,我终于走下平台,试着到花园里散散步。

玛丝琳拿着一条披巾陪伴我,那是下午三时

许。那地方经常刮大风，有三天叫我很不舒服，这回风停了，天气温煦宜人。

这是座公园。有一条宽宽的路把公园分割成两部分，路边长着两排叫作金合欢的高大树木，树荫下安有座椅。有一条开凿的水渠，我是说渠面不宽而水很深，它几乎笔直地顺着大路流去，接着分成几条水沟，把水引向园中的花木。水很混浊，颜色宛似浅粉或草灰的黏土。几乎没有外国人，只有几个阿拉伯人在园中徜徉。他们一离开阳光，长衫便染上暗灰色。

我走进这奇异的树荫世界，不觉浑身一抖，有种异样的感觉，于是围上披巾。不过，我毫无不适之感，恰恰相反……我们坐到一张椅子上。玛丝琳默默不语。几个阿拉伯人从面前走过，继而又跑来一群儿童。玛丝琳认得好几个，她招招手，那几个孩子就过来了。她向我一一介绍，接着有问有答,嘻嘻笑,撇撇嘴,做些小游戏。我觉得有点闹得慌,又不舒服了,感到疲倦,身体汗津津的。不过,要直言的话,妨碍我的不是孩子,而是她本人。是的,有她在场,我有些拘束。我一站起身,她准会跟着起来;我一摘下披巾,她准会接过去;我又要披上的时候,她准会问:"你不是冷了吧?"还有,想跟孩子说话,当着她的面我也不敢,看得出来这些孩子得到她的保护。我呢,对其他孩子感兴趣,这既是不由自主的,又是存心的。

"回去吧。"我对她说,但心里暗暗决定独自再来公园。

次日将近十点钟,她要出去办事,我便利用这个机会。小巴齐尔几乎天天上午都来,他给我拿着披巾,我感到身体轻松,精神爽快。公园里的林荫路上几乎只有我们俩。我缓步而行,坐下歇一会儿,起身再走。巴齐尔跟在后面喋喋不休,他像狗一样又忠实又灵活。一直走到妇女洗衣服的水渠边,只见水流中间有一块平石,上面趴着一个小姑娘,脸俯向水面,手伸进水中,忽而抓住,忽而抛掉漂来的小树枝。她赤着脚,浸在水中,脚面已经形成水印,水印以上的肤色显得深些。巴齐尔走上前去,同她说了两句话。她回过头来,冲我笑笑,用阿拉伯语回答巴齐尔。

"她是我妹妹。"他对我说。接着他向我解释,他母亲要来洗衣裳,他妹妹在那儿等着。她叫拉德拉,在阿拉伯语里是"绿色"的意思。他讲这番话的时候,声音悦耳清亮,十分天真,我也产生了十分天真的冲动。

"她求你给她两个铜子。"他又说道。

我给了她十苏,正要走,这时他的母亲、那位洗衣妇来了。那是个出色的丰满的女人,宽宽的额头刺着蓝色花纹，头顶着衣服篮子，酷似古代顶供品篮的少女雕像。她也像古雕像那样，身上只围着蓝色宽幅布，在腰间扎起来，又一直垂至脚面。她一看见巴齐尔，便狠狠地叱呵他。他激烈地回嘴，小姑娘也插进来，三人吵得凶极了。最后，巴齐尔仿佛认输了，向我说明今天上午他母亲需要他。他神色怏怏地把披巾递给我，我只好一个人走了。

我没有走上二十步，就觉得披巾重得受不了，浑身是汗，碰到椅子就赶紧坐下来。我盼望跑来个孩子，减去我这个包袱。不大工夫，果然来了一个。这是个十四岁的高个子男孩，皮肤像苏丹人一样黑，他一点也不腼腆，主动帮忙。他叫阿舒尔，若不是独眼，我倒觉得他模样挺俊。他喜欢聊天，告诉我河水从哪儿流来，它穿过公园，又冲进绿洲，而且流经整个绿洲。我听着他讲,便忘记了疲劳。不管我觉得巴齐尔如何可爱,可是现在我却对他太熟了,很高兴能换一个人陪我。甚至有一天,我决定独自来公园,坐在椅子上,等待一次巧遇。

我和阿舒尔又停了好几回,才走到我的门前。我很想邀他进屋,可是又不敢,怕玛丝琳说什么。

我看见她在餐室里,正照顾一个小孩子。那男孩身形瘦小,十分羸弱,乍一见,我产生的情绪不是怜悯,而是厌恶。玛丝琳有点心虚地对我说:

"这个小可怜病了。"

"至少不会是传染病吧?得了什么病?"

"我还说不准。他好像哪儿都有点疼。他法语讲得挺糟。等明天吧,巴齐尔来了可以当翻译。我让他喝了点茶。"

接着,她见我待在那儿不再吭声,就像道歉似的补充说:

"我认识他很长时间了,一直没敢让他来,怕你劳神,也许怕惹你讨厌。"

"为什么呢?"我高声说,"你若是高兴,就把你喜欢的孩子全领来吧!"我想本来可以让阿舒尔进屋,结果没敢这样做,心中有点气恼。

我注视着妻子,只见她像慈母一样温柔,十分感人。不大工夫,小孩就心里暖和和地走了。我说刚才去散步了,并且口气婉转地让玛丝琳明白,为什么我喜欢单独出去。

平时夜里睡觉,还常常惊醒,身体不是冷得发僵,就是大汗淋漓,这天夜里却睡得非常安宁,几乎没有醒。次日上午,刚到九点钟,我就要出去。天气晴和。我觉得完全休息过来了,毫无虚弱乏力之感,心情愉快,或者说兴致勃勃。

外面风和日丽,不过,我还是拿了披巾,仿佛作为由头,好结识愿意替我拿的人。我说过,公园和我们的平台毗邻,几步路就走到了。我走进树荫覆盖的园中,顿觉心旷神怡。金合欢树芳香四溢,这种树先开花后发叶。然而,有一种陌生的淡淡的香味,由四面八方飘来,好像从好几个感官沁入我的体内,令我精神抖擞。我的呼吸更加舒畅,步履更加轻松,但是碰见椅子我又坐下,倒不是因为疲乏,而是因为心醉神迷。树荫有点稀薄而且是活动着的,但并不垂落下来,仿佛刚刚着地。啊,多么明亮!——我谛听着。听见什么啦?了无一切。我玩味每一种天籁。——记得我远远望见一棵小树,觉得树皮是那么坚硬,不禁起身走过去摸摸,就像爱抚一样,从而感到心花怒放。还记得……总之,难道是那天上午我要复活了吗?

忘记交代了，当时我独自一人，无所等待，也把时间置之度外。仿佛直到那一天，我思考极多而感受极少，结果非常惊异地发现：我的感觉同思想一样强烈。

我讲"仿佛"，是因为从我幼年的幽邃中，终于醒来千百束灵光、千百种失落的感觉。我意识到自己的感官，真是又不安又感激。是的，我的感官，从此苏醒了，整整一段历程使我重又发现，往昔又重新编织起来。我的感官还活着！它们从未停止过存在，甚至在我潜心研究的岁月中间，仍然过着一种隐伏而狡黠的生活。

那天一个孩子也没遇见，但是我心中释然。我从兜里掏出袖珍本《荷马史诗》，从马赛启程以来，我还没有翻开过。这次重读了《奥德赛》里的三行诗，记在心里，觉得从诗的节奏中寻到了足够的食粮，可以从容咀嚼了，便合上书本，待在那里,身心微微颤动,思想沉湎于幸福之中,真不敢相信人会如此生机勃勃。

四

　　玛丝琳见我的身体渐渐复原,非常高兴,几天来向我谈起绿洲的美妙果园。她喜欢到户外活动。在我患病期间,她正好有空闲远足,回来时还为之心醉。不过,她一直不怎么谈论,怕引起我的兴头,也要跟随前往,还怕看到我听了自己未能享受的乐趣而伤心。现在我身体好起来,她就打算用那些景物吸引我,好促使我痊愈。我也心向往之,因为我重又爱散步,爱观赏了。第二天我们就一道出去了。

她走在前头。这条路实在奇特,我在任何地方也没有见过。它夹在两堵高墙之间,懒懒散散地向前延伸。高墙里的园子形状不一,也把路挤得歪歪斜斜,真是九曲十八弯。我们踏上去,刚拐了个弯,就迷失了方向,不知来路,也不明去向。温暖的溪水顺着小路,贴着高墙流淌。墙是就地取土垒起来的,整片绿洲都是这种土,是一种发红或浅灰的黏土,水一冲颜色便深些,烈日一照就龟裂,在燥热中结成硬块,但是一场急雨,它又变软,地面软乎乎的,赤脚走过便留下痕迹。墙上伸出棕榈树枝叶。我们走近时,惊飞了几只斑鸠。玛丝琳瞧了瞧我。

我忘记了疲劳和拘谨,默默地走着,只感到胸次舒畅,意荡神驰,感官和肉体都处于亢奋状态。这时微风徐起,所有棕榈叶都摇动起来,我们望见最高的棕榈树略微倾斜。继而风止,整个空间复又平静。我听见墙里有笛声,于是,我们从一豁口进去。

这地方静悄悄的,仿佛置于时间之外,它充满了光与影,寂静与微响:流水淙淙,那是在树间流窜、浇灌棕榈的溪水;斑鸠谨慎地相呼;一个儿童的笛声悠扬。那孩子看着一群山羊,他几乎光着身子,坐在一棵被砍伐了的棕榈的木墩上,看见我们走近并不惊慌,也不逃跑,只是笛声间断了一下。

在这短短的沉寂中,我听见远处有笛声呼应。我们往前走了几步,玛丝琳说道:

"没必要再往前走了,这些园子都差不多,就是走到绿洲的边上,园子也宽敞不了多少……"她把披巾铺在地上:

"你歇一歇吧。"

我们在那儿待了多久?我不清楚。时间长短

又有什么关系呢？玛丝琳在我身边，我躺着，头枕在她的腿上。笛声依然流转，时断时续；淙淙水声……时而一只羊咩咩叫两声。我合上眼睛，感到玛丝琳凉丝丝的手放在我的额上；感到烈日透过棕榈叶，光线十分柔和。我什么也不想，思想有什么用呢？我有一种异样的感觉。

时而传来新的声音，我睁开眼睛，原来是棕榈间的清风。它吹不到我们身上，只能摇动高处的棕榈叶……

次日上午，我同玛丝琳重游这座园子。当天傍晚，我独自又去了。放羊娃还在那儿吹笛子。我走上前去，跟他搭话。他叫洛西夫，只有十二岁，模样很俊。他告诉我羊的名字，还告诉我水渠在当地叫什么。据他说，这些水渠不是天天有水，必须精打细算，合理分配，灌好树木，立即引走。每棵棕榈树下都挖了一个小积水坑，以便浇灌。那里有一套闸门装置,孩子一边摆弄,一边向我解释如何用它控制水,把水引到特别干旱的地方去。

又过了一天,我见到了洛西夫的哥哥。他叫拉什米,稍大一点儿,没有弟弟好看。他踩着树干截去老叶留下的坎儿,像登梯子一样,爬上一棵被打去顶枝的棕榈树,然后又灵活地下来,只见他的衣衫飘起,露出金黄色的身子。他从树上摘下一个小瓦罐,小瓦罐吊在新截枝的伤口边上,接住流出来的棕榈汁液,用来酿酒。阿拉伯人很爱喝这种醇酒。应拉什米的邀请,我尝了一口,不大喜欢,觉得辣乎乎、甜丝丝的,没有酒味。

后来几天,我走得更远,看见别的牧羊娃和别的羊群。正如玛丝琳说的那样,这些园子全都一样,然而每个又不尽相同。

玛丝琳还时常陪伴我,不过,一进果园,我往往同她分手,说我乏了,想坐下歇歇,她不必等我,因为她需要走得远些。这样,她就独自去散步了。我留下来同孩子们为伍。不久,我就认识了许多。我同他们长时间地聊天,学习他们的游戏,也教他们别的游戏,把我身上的铜子都输掉了。有些孩子陪我往远走(我每天都增加一段路),指给我回去的新路,替我拿外套和披巾,因为有时我两件都带上。临分手的时候,我分给他们一些铜子。有时他们一边玩耍,一边跟着我,直到我的门口;有时他们也会跨进门。

而且,玛丝琳也领回一些孩子,是从学校带来的,她鼓励他们学习。放学的时候,听话的乖孩子就可以来。我带来的则是另一帮,不过,他们能玩到一处。我们总是特意准备些果子露和糖果。不久,甚至不用我们邀请,别的孩子也主动来了。我记得他们每一个人,眼前还浮现他们的面容……

一月末,突然变天了,刮起冷风,我的身体立刻感到不适。对我来说,市区和绿洲之间的那大片空场,又变得不可逾越了。我又重新满足于在公园里走走。接着下起雨来,冷雨。北面群山大雪覆盖,一望无际。

在这些凄清的日子里,我神情沮丧,守着火炉,拼命地同病魔搏斗,而病魔乘恶劣气候之势,占了上风。愁惨的日子:我既不能看书,也不能工作;稍微一动就出虚汗,浑身难受;精神稍微一集中就倦怠;只要不注意呼吸,就感到憋气。

在这些凄苦的日子里,我只能跟孩子们开开心。由于下雨,只有最熟悉的孩子才来。衣裳都淋透了,他们围着炉火坐成半圈。我太疲倦,又太难受,只能看着他们。然而,面对他们健康的身体,我的病会好起来。玛丝琳喜欢的孩子都很羸弱,老实得过分。我对她和他们非常恼火,终于把他们赶走了。老实说,他们引起我的恐惧。

一天上午,我对自身有个新奇的发现。房间里只有我和莫克蒂尔,在受我妻子保护的孩子中间,唯独他没有使我产生丝毫反感。我站在炉火前,双肘撑在壁炉台上,好像在专心看书,但是在镜子里能看到身后莫克蒂尔的活动。我说不清出于什么好奇心,一直暗中监视他。他却不知道,还以为我在埋头看书。我发现他蹑手蹑脚地走到一张桌子跟前,从上面偷偷抓起玛丝琳放在一件活计旁边的剪刀,一下塞进他的斗篷里。我的心一时间猛烈地跳动,但是,再明智的推理也无济于事,我没有产生一点反感。这还不算!我也无法确信我完全是别种情绪,而不是开心和快乐。等我给莫克蒂尔充裕时间偷了剪刀之后,我又回身跟他说话,就好像什么事也没发生似的。玛丝琳非常喜爱这个孩子,然而我认为,当我见到她的时候,没有戳穿莫克蒂尔,还胡编了一套话说剪刀不翼而飞,并不是怕她尴尬。从这天起,莫克蒂尔成为我的宠儿。

五

我们在比斯克拉不会住多久了。二月份的连雨天一过,天气骤热。经过了几个难熬的暴雨天,一天早晨我醒来,忽见碧空如洗。我赶紧起床,跑到最高的平台上。晴空万里,旭日从雾霭中脱出,已经光芒灿灿;绿洲一片蒸腾;远处传来干河涨水的轰鸣。空气多么明净清新,我立即感到舒畅多了。玛丝琳也上来了,我们想出去走走。不过这天路太泥泞,无法出门。

过了几天,我们又来到洛西夫的园子,只见

草木枝叶吸足了水分,显得柔软湿重。对于非洲这块土地的等待,我还没有体会到。它在冬季漫长的时日中蛰伏,现在苏醒了,灌足了水,一派生机勃勃,在炽烈的春光中欢笑。我感到了这春的回响,宛似我的化身。起初还是阿舒尔和莫克蒂尔陪伴我们,我仍然享受他们轻浮的、每天只费我半法郎的友谊。可是不久,我对他们就厌烦了,因为我本身已不那么虚弱,无须再以他们的健康为榜样,再说,他们的游戏也不能给我提供乐趣了,于是我把思想和感官的激发转向玛丝琳。从她的快乐中我发现,她依旧很忧伤。我像孩子一样道歉,说我常常冷落她,并把我的反复无常的脾气归咎于我的病体,还说直到那时候,我由于身子太虚弱而不能跟她同房,但此后我渐渐康复,就会感到情欲激增。我这话不假,不过我的身体无疑还很虚弱,只是在一个多月之后,我才渴望同玛丝琳交欢。

气温日益升高。比斯克拉固然有迷人之处，而且后来也令我忆起那段生活，但是除此之外，我们没有什么可留恋的了。我们突然决定走了，用了三个小时就把行李收拾好，是次日凌晨的火车。

启程的前一天夜晚，我还记得清清楚楚。月亮有八九分圆，从敞开的窗户照进来，满室清辉。我想玛丝琳正在酣睡。我躺在床上难以成眠，有一种惬意的亢奋感，这不是别物，正是生命。我起身，手和脸往水里浸一浸，然后推开玻璃门出去了。

夜已深了，静悄悄的，没有一点声息，空气都仿佛睡了，只有远处隐约传来犬吠声。那些阿拉伯种犬跟豺一样，整夜嗥叫。面前是小庭院，围墙形成一片斜影。整齐的棕榈既无颜色，又无生命，似乎永远静止……一般来说，总还能在沉睡中发现生命的搏动，然而在这里，没有一点睡眠的迹象，一切仿佛都死了。我面对这幽静不禁感到恐怖，陡然，我对生命的悲感重又侵入我的心，就像要在这沉寂中抗争、显现和浩叹。这种近乎痛苦的感觉十分猛烈，以致我真想呼号，如果我能像野兽那样嘶叫的话。我还记得，我抓住自己的手，右手抓住左手，想举到头顶，而且真的做了。为什么呢？就是要表明我还活着，要感受活着多么美妙。我摸摸自己的额头、眼睑，浑身不觉一抖。心想总有一天，我渴得要命，但恐怕连把水杯送到嘴边的气力也没有了……我反身回屋，但是没有重新躺下。我想把这一夜固定下来，铭刻在我的记忆中，永志不忘。我不知道干什么好，便从桌子上拿起一本书——《圣经》，随便翻开，借着月光看得见字，我读了基督对彼得讲的这段话。唉!后来我始终没有忘却:"你年少的时候,自己束上带子,随意往来,但年老的时候,你要伸出手来……"

次日凌晨,我们动身了。

六

旅途的各个阶段就不赘述了。有些阶段只留下模糊的记忆。我的身体时好时坏,遇到冷风就步履踉跄,瞥见云影也隐隐不安,这种脆弱的状态常常导致心绪不宁。不过,至少我的肺部见好,病情每次反复都轻些,持续的时间也短些。虽然病来的时候势头还那么猛烈,但是,我身体的抵抗力却增强了。

我们从突尼斯到马耳他,又前往锡拉库萨,最后回到语言和历史我都熟悉的古老大地。自从患病以来,我的日子就不受审查和法律的限制了,如同牲畜或幼儿那样,全部心思都放在生活上。现在病痛减轻,我的生活又变得确实而自觉了。久病之后,我原以为自己又恢复原状,很快就会把现在同过去联系起来。不过,身处陌生国度的新奇环境中,我可以如此臆想,到达这里则不然了。这里的一切都向我表明令我惊异的情况:我已经变了。

在锡拉库萨以及后来的旅程中,我想重新研究,像从前那样潜心考古,然而我却发现,由于某种缘故,我在这方面的兴趣即或没有消失,至少也有所变化。这缘故就是现时感。现在在我看来,过去的历史酷似比斯克拉的小庭院里夜影的那种静止,那种骇人的凝固,那种死一般的静止。从前,我甚至很喜欢那种定型,因为我的思想也能够明确。在我的眼里,所有史实都像一家博物馆中的藏品，或者打个更恰当的比喻，就像腊叶标本集里的植物，那种彻底的干枯有助于我忘记，它们曾饱含浆汁，在阳光下生活。现在，我再玩味历史，却总是联想现时。重大的政治事件引起的兴奋，远不如诗人或某些行动家在我身上复苏的激情。在锡拉库萨，我又读了忒奥克里托斯[1]的田园诗，心想他那些名字动听的牧羊人，正是我在比斯克拉所喜欢的那些牧羊娃。

我渊博的学识渐次醒来，也开始妨碍我，扫我的兴。我每参观一座希腊古剧场、古庙，就会在头脑里重新构思。古代每个欢乐的节庆在原地留下的废墟，都引起我对那逝去的欢乐的悲叹；而我憎恶任何死亡。

后来，我竟至逃避废墟，不再喜欢古代最

---

[1] 忒奥克里托斯（Theocritos，约公元前325—前250）：古希腊诗人，田园诗的首创者。

宏伟的建筑，更爱人称"地牢"的低矮果园和库亚纳河畔。要知道，那果园的柠檬像橙子一样酸甜。库亚纳河流经纸莎草地，还像它为普洛塞尔皮娜[1]哭泣之日那样碧蓝。

后来，我竟至轻视我当初引以为豪的满腹经纶。我当初视为全部生命的学术研究，现在看来，同我也只有一种极为偶然的习俗关系。我发现自己不同往常：我在学术研究之外生活了，多快活啊！我觉得作为学者，自己显得迂拙；作为人，我能认识自己吗？我才刚刚出世，还难以推测自己会成为什么人，这就是应当了解的。

在被死神的羽翼拂过的人看来，原先重要的事物失去了重要性，另外一些不重要的变得重要了。换句话说，过去甚至不知何为生活。知识的

---

[1] 罗马神话中的冥后，也是丰产女神，同希腊神话中的珀尔塞福涅。

积淀在我们精神上的覆盖层,如同涂的脂粉一样裂开,有的地方露出鲜肉,露出遮在里面的真正的人。

从那时起,我打算发现的那个人,正是真实的人、"古老的人",福音书弃绝的那个人,也正是我周围的一切:书籍、导师、父母,乃至我本人起初力图取消的人。在我看来,由于涂层太厚,他已经更加繁复,难于发现,因而更有价值,更有必要发现。从此我鄙视经过教育的装扮而有教养的二等人。必须摇掉他身上的涂层。

好比隐迹纸本,我也尝到辨认真迹的学者的那种快乐。在手稿上晚近添加的文字下面,发现更加珍贵得多的原文。这原文究竟是什么呢?若想阅读,不是首先得抹掉后来的载文吗?

因此,我不再是病弱勤奋的人,也不再恪守先前的拘板狭隘的观念。这本身不只是康复的问题,还有生命的充实与重新迸发,更为充沛而沸热的血流。这血流要浸润我的思想,一个一个浸润我的思想,要渗透一切,要激发我全身最久远、敏锐而隐秘的神经,并为之傅彩。因为,强壮还是衰弱,人总要适应,肌体依据自身的力量而组结。但愿力量增大,提供更大的可能性,那么……这种种思想,当时我并没有,这里的描绘不免走样。老实说,我根本不思考,根本不反躬自省,仅仅受一种造化的指引。怕只怕过分贪求地望一眼,会搅乱我那缓慢而神秘的蜕变。必须让隐去的性格从容地再现,而不应人为地培养。放任我的头脑,并非放弃,而是休闲。我沉湎于我自己,沉湎于事物,沉湎于我觉得神圣的一切。我们已经离开了锡拉库萨,我跑在陶尔米纳[1]

---

[1] 意大利西西里岛东海岸的村镇。

至莫勒山的崎岖的路上,大声喊叫,仿佛是在我身上呼唤它:一个新生!一个新生!

当时我唯一勉力坚持做的,就是逐个叱呵或消除我认为与我早年教育、早年观念有关的一切表现。基于对我的学识的鄙夷,也出于对我这学者的情趣的蔑视,我不肯去参观亚格里真托。几天之后,我沿着通往那不勒斯的大路行进,也没有停下来看看帕埃斯图姆巍峨的神庙。不过,两年之后,我又去那儿不知祈祷哪路神仙。

我怎么说唯一勉力做的呢?我自身若是不能焕然一新,能引起我的兴趣吗?图新而尚未可知,只有模糊的想象,但是我悠然神往,愿望从来没有如此强烈,矢志使我的体魄强健起来,晒得黑黑的。我们在萨莱诺附近离开海岸,到达拉韦洛。那里空气更加清爽,岩石千姿百态,山谷深邃莫测,胜境有助于游兴,因此我感到身体轻快,流连忘返。

拉韦洛与帕埃斯图姆平坦的海岸遥遥相对,它坐落在巉岩上,远离海岸,更近青天。在诺曼底人统治时期,这里是座相当重要的城堡,而今不过是一个狭长的村落。我们去时,恐怕是唯一的外国游客。我们下榻的旅店,从前是一所教会建筑,它坐落在山崖上,平台和花园仿佛垂悬于碧空之中。一眼望去,除了爬满葡萄藤的围墙,唯见大海。待走近围墙,才能看到直冲而下的园田。把拉韦洛和海岸连接起来的,主要不是小径,而是梯田。拉韦洛之上,山势继续拔起。山上空气凉爽,生长着大片的栗子树、北方草木;中间地带是橄榄树、粗大的长角豆树,以及树荫下的仙客来;地势再低的近海处,柠檬林则星罗棋布。这些果园都整理成小块梯田,依坡势而起伏,几乎雷同,相互间有小径通连,人们可以像小偷一样溜进去。在这绿荫下,神思可以远游。叶幕又厚又重,没有一束阳光直射下来。累累的柠檬垂着,宛似颗颗大蜡丸,四处飘香,在树荫下呈青白色。只要口渴,伸手可摘,果实甘甜微涩,非常爽口。

树荫太浓,我在下面走出了汗,也不敢停歇。不过,我拾级而上,并不感到十分疲惫,还有意锻炼自己,闭着嘴往上攀登,一气儿比一气儿走得远,尚有余力可贾。最后达到目标,争强好胜之心得到报偿。我出汗很久又很多,只觉得空气更加顺畅地涌入我的胸中。我以从前的勤奋态度来护理身体,已见成效了。

我常常惊奇自己的身体康复得这么快,以致认为当初夸大了病情的严重性,以致怀疑我病得并不是那么严重,以致自嘲还咯了血,甚而遗憾这场病没有更加难治些。

起初，我没有摸清自己身体的需要，因此胡治乱治，后来经过耐心品察，在谨慎和疗养方面终于有了一套精妙的办法，并且持之以恒，像游戏一般乐在其中。最令我伤脑筋的，还是我对气温变化的那种病态的敏感。肺病既已痊愈，于是我把这种过敏归咎于神经脆弱，归咎于后遗症。我决心战胜它。我见几个农民袒胸露臂在田间劳作，看到他们漂亮的皮肤仿佛吸足了阳光，心中艳羡，也想把自己的皮肤晒黑。一天早上，我脱光了身子观察，只见胳膊肩膀瘦得出奇，用尽全力也扭不到身后。尤其是皮肤苍白，准确点说是毫无血色，我不禁满面羞愧，潸然泪下。我急忙穿上衣服出门，但不像往常那样去阿马尔菲，而是直奔覆盖着矮草青苔的岩石。那里远离人家，远离大路，不会被人瞧见。到了那儿，我慢慢脱下衣裳。风有些凉意，但阳光灼热。我的全身暴露在阳光中。我坐下,又躺倒,翻过身子,感觉到身下坚硬的地面。野草轻轻地拂我。尽管在避风处,我每次喘气还是打寒战。然而不大工夫,全身就暖融融的,整个肌体的感觉都涌向皮肤。

我们在拉韦洛逗留半个月。每天上午,我都到那些岩石上去晒太阳。我还是捂着很厚的衣服,可是不久就觉得碍事和多余了。我的皮肤增加了弹性,不再总出汗,能够自动调节温度了。

在最后几天的一个上午(正值四月中旬),我又采取了一个大胆的步骤。在我所说的重峦叠嶂中有一股清泉,流到那里正好形成一个小瀑布,水势尽管不大,但在下面却冲成一个小潭,积了一泓清水。我去了三次,俯下身子,躺在水边,心里充满了渴望。我久久地凝视光滑的石底,真是纤尘不染,草芥未入,唯有阳光透射,波光粼粼,绚丽多彩。第四天去的时候,我已下了决心,一直走近无比清澈的泉水,不假思索,一下子跳进去,全身没入水中。我很快感到透心凉,从水里出来后,就躺在草地上晒太阳。这里长着薄荷,香气扑鼻。我掐了一些,揉揉叶子,再往我的湿漉漉而滚烫的身子上搓。我久久地自我端详,心中喜不自胜,再也没有丝毫的羞愧。我的身体显得匀称,性感,而且中看,虽说不够强健,但是以后会健壮起来的。

七

由此可见,我的全部行为、全部工作,就是锻炼身体。这固然蕴含着我那变化了的观念,但是在我眼里也仅仅成了一种训练、一种手段,本身再也不能满足我了。

还有一次行动,在你们看来也许是可笑的,不过我要重新提起,因为它可以表明,我处心积虑地要在仪表上宣示我内心的衍变,迫切心理达到了何等幼稚可笑的程度:在阿马尔菲,我剃掉了胡子。

在那之前,我的胡子全部蓄留,头发理得很短,从未想到自己无妨换一种发型。我头一次在岩石上脱光身子的那天,突然感到胡子碍事,仿佛它是我无法脱掉的最后一件衣裳。须知我的胡子不是锥形,而是方形,梳理得很齐整。我觉得它像假的,样子既可笑,又非常讨厌。回到旅店客房,照照镜子,还是讨厌,那是我一贯的模样:文献学院的毕业生。吃罢午饭,立刻去阿马尔菲,我已经拿定了主意。市镇很小,在广场上仅有一家大众理发店,我也只好将就了。这是赶集的日子,理发店里挤满了人,不得不没完没了地等下去。然而,不管是令人疑惧的剃刀、发黄的肥皂刷、店里的气味,还是理发匠的猥辞,什么也不能使我退却。感到剪刀下去,胡须纷纷飘落,我就像摘下面具一般。重新露面的时候,我极力克制的紧张情绪不是欢快,而是后怕,但这又有何妨！我只是认定，并不责怪这种感觉。我看自己的样子挺漂亮，因此，怕的不是这个，而是觉得人家洞察了我的思想，又陡然觉得这种思想极为骇人。

胡子剃掉，头发倒留了起来。

这就是我新的形体，暂时还无所事事，但以后会有所作为的。我相信这形体认为我自己会有惊人之举，不过还要宽以时日。我心想要看日后，待它更加成熟之时。这样一来，玛丝琳就会误解。的确，我的眼神的变化，尤其是我刮掉胡子那天的新模样，很可能引起了她的不安。不过，她已经非常爱我，不会仔细打量我，再说，我也尽量使她放心。关键是不让她打扰我的再生，为了掩她耳目，我只好伪装起来。

显而易见，玛丝琳嫁的人和爱的人，并不是我的"新形体"。这一点我常常在心中叨念，以便时刻惕厉,着意掩饰,只给她一个表象。而这表象为了显得始终一贯,忠贞不渝,变得日益虚假了。

我同玛丝琳的关系暂时维持原状,尽管我们的枕席之欢越来越浓烈。我的掩饰本身(如果可以这样说,我要防止她判断我的思想的行为),我的掩饰也使情欲倍增。我是说这种情欲使我经常留意玛丝琳。被迫作假,开头我也许有点为难。然而,我很快就明白,公认的最卑劣之事(此处只举说谎一件)难以下手,只是对从未干过的人而言,一旦干了出来,哪一件都会很快变得既容易又有趣,给人以再干的甜头,不久好像就合情合理了。如同在任何事情上战胜了最初的厌恶心理那样,我最终也尝到了隐瞒的甜头,于是乐在其中,仿佛在施展我的尚未认识的能力。我在更加丰富充实的生活中,每天都走向更加甜美的幸福。

八

　　从拉韦洛到索伦托,一路风光旖旎。这天早上,我真不期望在大地上看到更美的景色了。岩石灼热,空气充畅,野草芳菲,天空澄净,这一切使我饱尝生活的美好情趣,给我极大的满足,以致我觉得百感俱隐,唯有一种淡淡的快意萦绕心头。缅怀或惋惜,希冀或渴求,未来与过去,统统缄默了,我只感受到现时送来和带走的生活。——"身体的快感啊!"我高声发起感慨,"我的肌肉的铿锵节奏!健康啊!"

玛丝琳过分文静的快乐会冲淡我的快乐，正如她的脚步会拖慢我的脚步一样，因此，我一大早就动身，比她先走一步。她准备乘车赶上我，我们预计在波西塔诺用午餐。

快到波西塔诺的时候，我忽然听到有人在怪声怪调地唱歌，伴随着车轮的隆隆低音。我立刻回头望去，起初什么也没有看见，因为大路到这里绕峭壁拐了个弯。继而，赫然出现一辆马车，狂驶过来，正是玛丝琳乘坐的那辆。车夫立在座位上，一边扯着嗓子唱歌，一边手舞足蹈，拼命鞭打惊马。这个畜生！他经过我面前，听见我吆喝也不停车。我险些挨轧，纵身闪到路旁……我冲上去，无奈车跑得太快。我担心得要命，既怕玛丝琳摔下来，又怕她待在上面出事儿，马一惊跳，就可能把她抛到海里去。马陡然失蹄跌倒。玛丝琳跳下车要跑开，但我已经赶到她面前。车夫一看见我,迎头便破口大骂。我火冒三丈,这家伙刚一出口不逊,我就扑上去,猛地把他从座位上拉下来,同他在地上扭作一团,但我没有失去优势。他似乎摔蒙了,我见他想咬我,照他面门就是一顿拳头,打得他更不知东南西北了。我仍不放手,用膝盖抵住他的胸脯,极力扭住他的胳膊。我瞧着这张丑陋的面孔,它被我的拳头砸得更加难看了。哼!这个恶棍,他唾沫四溅,口水满脸,鼻子流血,还不住口地骂!真的!把他掐死也应该。也许我真会干得出来……至少我觉得有这个能力,想必是顾忌警察,才算罢手。

我费了好大劲儿,才把这个疯子牢牢捆住,像口袋一样把他扔到车里。

嘿!事后,玛丝琳和我交换怎样的眼神啊!当时危险并不大,但是我必须显示自己的力量,而且是为了保护她。我立即感到可以把自己的生命献给她，愉快地全部献给她……马站了起来。我们把醉鬼丢在车厢里不管，两人登上车夫座位，驾车好歹到了波西塔诺，接着又赶到索伦托。

正是这天夜里我完全占有了玛丝琳。

我在交欢上仿佛焕然一新，这一点你们理解吗？还要我重复吗？也许由于爱情有了新意，我们的真正婚礼之夜才无限缠绵。今天回想起来，我还觉得那一夜是绝无仅有的：炽热的欲火、交欢时的惊奇，增添了多少柔情蜜意。一夜工夫就足以宣示最伟大的爱情，而这一夜是多么铭心刻骨，以致我唯独时时念起它。这是我们心灵交融的片刻的欢笑。但是我认为这欢笑是爱情的句点，也是唯一的句点。此后，唉！心灵再也难于跨越，而心灵要使幸福重生，只能在奋力中消殒。阻止幸福的，莫过于对幸福的回忆。唉！我始终记得那一夜。

我们下榻的旅店位于城外,四周是花园和果园,客房外面伸出一个宽大的阳台,树枝拂得到。晨曦从敞着的窗户射进来。我轻轻地支起身子,深情地俯向玛丝琳。她依然睡着,仿佛在睡梦中微笑,我觉得自己更加强壮,而她更加柔弱,她的娇媚易于摧折。我的脑海思绪翻腾,思忖她不说谎,心中暗道我一切都为了她,随即又讲:"我为她的快乐究竟做了什么呢?我几乎终日把她丢在一旁。她期待从我这儿得到一切,而我却把她弃置不管!唉!可怜的,可怜的玛丝琳!"转念至此,我热泪盈眶。我想以从前身体衰弱为理由为自己开脱,但是枉然。现在我还只顾自己,一味养身,又是为何呢?眼下我不是比她健康吗?

她面颊上的笑意消失了,朝霞尽管染红每件

物品,却使我猝然发现她那苍白的忧容。也许由于清晨来临,我的心绪才怅然若失:"玛丝琳啊,有朝一日,也要我护理你吗?也要我为你提心吊胆吗?"我在内心高呼道。我不寒而栗。于是,我满怀爱情、怜悯和温存,在她闭着的双目中间亲了一下,那是最温柔、最深情、最诚笃的一吻。

九

我们在索伦托度过的几天很惬意,也非常平静。我领略过这种恬适、这种幸福吗?此后还会尝到同样的恬适和幸福吗?……我厮守在玛丝琳的身边,考虑自己少了,照顾她多了,觉得跟她交谈很有兴味,而前些日子我却乐于缄默。

我认为我们的游荡生活能够令我心满意足,但我觉察出她尽管也优哉游哉,却把这种生活看作临时状况。起初我不免惊异,然而不久就看到这种生活过于闲逸。它持续一段时间犹可,因为我的身体终于在舒闲中康复,但是赋闲之余,我第一次萌生了工作的愿望。我认真谈起回家的事,看她喜悦的神情便明白,她早就有这种念头了。

然而,我重新开始思考的历史上的几个课题,却没有引起我早先那种兴趣。我对你们说过,自从患病之后,我觉得抽象而枯燥地了解古代毫无用处。诚然,我以前从事语史学研究,譬如,力图说明哥特语对拉丁语变异所起的作用,忽视并且不了解狄奥多里克[1]、卡西奥多鲁斯[2]和阿玛拉逊莎[3]等形象,及其令人赞叹的激情,只是钻研他们生活的符号和渣滓。可现在,还是这些

---

1 指奥斯特罗哥特国王,称狄奥多里克大王,于公元471年至526年在位。
2 卡西奥多鲁斯(约485—约580):拉丁语作家。
3 阿玛拉逊莎(?—535):狄奥多里克大王之女,继父位称女王。她在儿子阿塔拉里克成年之前一直摄政,后被丈夫泰奥达特谋杀。

符号,还是全部语史学,在我看来却不过是一种门径,以便深入了解在我面前显现的蛮族的伟大与高尚。我决定进一步研究那个时期,在一段时间内,集中考察哥特帝国的末年,并且趁我们旅行之机,下一程到它灭亡的舞台——拉文纳[1]去看看。

不过,老实说,最吸引我的,还是少年国王阿塔拉里克的形象。在我的想象中,这个十五岁的孩子暗中受哥特人的怂恿,起来同他母后阿玛拉逊莎分庭抗礼,如同马摆脱鞍辔的束缚一般抛弃文化,反对他所受的拉丁文明的教育,鄙视过于明智的老卡西奥多鲁斯的社会,偏爱未曾教化的哥特人社会。趁着锦瑟年华,性情粗犷,过了几年放荡不羁的生活,慢慢完全腐化堕落,十八

---

[1] 拉文纳:意大利城市。

岁便夭折了。我在这种追求更加野蛮古朴状况的可悲冲动中，发现了玛丝琳含笑称为"我的危机"的东西。既然身体不存在问题了，我至少把思想用上，以求得一种满足，而且在阿塔拉里克暴卒一事中，我极力想引出一条教训。

我们没有去威尼斯和维罗纳，匆匆游览了罗马和佛罗伦萨，在拉文纳停留了半个月，便返回巴黎，戛然结束旅行。我同玛丝琳谈论未来的安排，感到一种崭新的乐趣。如何度过夏季，仍然犹豫未决。我们二人都旅行够了，不想再走了。我希望安安静静地从事研究，于是，我们想到一处庄园去。那座庄园在诺曼底草木最丰美的地区，位于利雪与主教桥之间，它从前属于我母亲，我童年时有几次随她去那里消夏，自从她仙逝之后，就再也没有去过。我父亲把它交给一个护院经管。那个护院现已年迈，他自己留下一部分租金,并按时把余下部分寄给我们。在几股活水横贯的花园里,有一座非常好看的大房子,给我留下了极为美妙的印象。那座庄园叫作莫里尼埃尔,我认为到那里居住比较适宜。

我还谈到,这年冬季去过罗马,但是这次是作为研究者去的,而不是去当游客。不过,最后这项计划很快给打消了,因为我在那不勒斯收到一个久已到达的重要邮件,突然得知法兰西公学院空出一个讲席,好几次提到我的名字。虽说是代课,将来却正因此而能有较大的自由。函告我的那位朋友还指出,我若是愿意接受,只需进行一些简单的活动。他力主我接受下来。我先是迟疑,特别怕受人役使;继而又想,在课堂上阐述我对卡西奥多鲁斯的研究成果,可能很有意思,而且,这也会使玛丝琳高兴,于是我决定下来。一旦决定,我就只考虑有利方面了。

在罗马和佛罗伦萨的学术界，有我父亲不少熟人，我同他们也建立了通讯关系。如果我要到拉文纳和别的地方考察研究，他们可以提供各种方便。我一心想工作。玛丝琳也百般体贴，巧用心思促使我工作。

在旅行结尾阶段，我们的幸福十分平稳宁静，没有什么好叙述的。人们最动人心弦的作品，总是痛苦的产物。幸福有什么可讲的呢？除了经营以及后来又毁掉幸福的情况，的确不值得一讲。——而我刚才对你们讲的，正是经营幸福的全部情况。

第二部

一

　　我们在巴黎停留的时间很短,只用来购置物品和拜访几个人,于六月上旬到达莫里尼埃尔庄园。

　　前面讲过,莫里尼埃尔庄园位于利雪和主教桥之间,在我所见过的绿荫最浓最潮湿的地方。许多狭长而和缓的冈峦,止于不远的非常宽阔的欧日山谷;欧日山谷则平展至海边。天际闭塞,唯见充满神秘感的矮树林、几块田地,尤其是大片草地,缓坡上的牧场。牧场上牛群羊群自由自在地吃草,水草丰茂,一年收割两次。还有不少苹果树,太阳西沉的时候,树影相连。每条沟壑都有水,或成池沼,或成水塘,或成溪流,淙淙水声不绝于耳。

啊!这座房子我完全认得!那蓝色房顶,那砖石墙壁,那水沟,那水中的倒影……这座古老的房子可以住十二个人。现在玛丝琳、三个仆人,有时我也帮把手,我们也只能使房子的一部分活跃起来。我们的老护院叫博加日,他已经尽了力,准备出几个房间。沉睡二十年之久的老家具醒来了。一切仍然是我记忆中的样子:护壁板还没有损坏,房间稍一收拾就能住人了。博加日把找到的花瓶都插上了鲜花,表示欢迎我们。经他的安排,大院子和花园里最近几条林荫路也已经锄掉杂草,平整好了。我们到达的时候,房子正接受最后一抹夕阳。从房子对面的山谷中,已然升起静止不动的雾霭,只见溪流在雾霭中时隐时现。我人还未到,就蓦地辨出那芳草的清香。我重又听见绕着房子飞旋的燕子的尖厉叫声。整个过去陡然跃起,就仿佛它在等候我,认出了我,待我走近前便重新合抱似的。

几天之后,房子就整理得相当舒适了。本来我可以开始工作了,但我仍旧拖延,仍旧谛听我的过去细细向我追述。不久,一个意外喜事又打断了这种追述——我们到达一周之后,玛丝琳悄悄告诉我,她怀孕了。

我当即感到应当多多照顾她,多多怜爱她,至少在她告诉我这个秘密之后的那些日子,我几乎终日守在她的身边。我们来到树林附近,坐在我同母亲从前坐过的椅子上,在那里,光阴来临都更加赏心悦目,时光流逝也更加悄然无声。如果说从我那个时期的生活中,没有突现任何清晰的记忆，那也绝不是因为它给我留下的印象不够鲜明，而是因为一切糅合、一切交融，化为一体的安逸，在安逸中晨昏交织，日月相连。

我慢慢地恢复了学术研究。我觉得心神恬静，精力充沛，胸有成竹，看待未来既有信心，又不狂热，意愿仿佛平缓了，仿佛听从了这块温和土地的劝告。

我心想，毫无疑问，这块万物丰衍、果实累累的土地堪称楷模，对我有种潜移默化的作用。在水草丰美的牧场上，这健壮的耕牛，这成群的奶牛，预示着安居乐业的年景，令我啧啧称赞。顺坡就势栽植的整齐的苹果树，夏季丰收在望，我畅想不久果压枝垂的喜人景象。这井然有序的富饶、快乐的驯从、微笑的作物，呈现一种承旨而非随意的和谐，呈现一种节奏、一种人工及自然的美。大自然灿烂的馈赠，以及人调解自然的巧妙功夫,已经水乳交融,浑然一体了,再难说应当赞赏哪一方面。我不禁想,如若没有这种受制的野生蛮长之力,人的功夫究竟如何呢?反之,如若没有阻遏它并笑着把它引向繁茂的机智的人工,这种野生蛮长之力又会怎样呢?——我的神思飞向一片大地,那里一切力量都十分协调,任何耗散都得到补偿,所有交换都分毫不差,因而容不得一点失信。继而,我又把这种玄想用于生活,建立一种伦理学,使之成为明智地利用自己的科学。

我先前的冲动,隐匿到何处了?我如此平静,仿佛就根本没有那阵阵冲动似的。爱情如潮,已将那冲动全部覆盖了。

老博加日却围着我们转,大献殷勤。他里里外外张罗,事事督察,点子也多,让人感到他为了表现自己是必不可少的角色,做得未免过分。

我必须核实他的账目,听他没完没了地解释,以免扫他的兴。可是他仍不知足,还要我陪他去看田地。他那好为人师的自负、那滔滔不绝的高论、那溢于言表的得意、那炫耀诚实的做法,不久便把我惹火了。他越来越缠人,而我却觉得,只要夺回我的安逸生活,什么灵法儿都是可取的——恰巧在这种时候,一个意外事件改变了我同他的关系。一天晚上,博加日对我说,他儿子夏尔第二天要到这里。

我只是哦了一声,几乎没有反应,直到那时,我并不关心博加日有几个孩子。接着,我看出他期待我有感兴趣和惊奇的表示,而我的漠然态度使他难受,于是问道:

"现在他在哪儿呢?"

"在一个模范农场,离阿朗松不远。"博加日答道。

"他年龄大概有……"我又说道。原先根本不知道他有个儿子,现在却要估计年龄,不过我说得很慢,好容他打断我的话。

"过了十七了,"博加日接上说,"令堂去世那时候,他也就四岁。嘿!如今长成了个大小伙子,过不了多久,就要比他爸爸高了。"博加日一打开话匣子,就再也收不住了,不管我的厌烦神情有多明显。

次日,我早已把这事儿置于脑后了。到了傍晚,夏尔刚到,就来向我和玛丝琳请安。他是个英俊的小伙子,身体那么健壮,那么灵活,那么匀称,即便为见我们而穿上了蹩脚的衣服,也不显得十分可笑。他的脸色自然红润,不大能看出羞赧。他眸子仍然保持童稚的颜色,好像只有十五岁;他口齿相当清楚,不忸忸怩怩,跟他父亲相反,不讲废话。我忘记了初次见面的晚上,我们谈了什么话。我只顾端详他,无话可讲,让玛丝琳同他交谈。翌日,我第一次没有等老博加日来接我,自己跑到山坡上的农场,我知道那里开始了一项工程。

一个水塘要修补。这个水塘像池沼一样大,现在总跑水,漏洞业已找到,必须用水泥堵塞,因而先得抽干水,这是十五年来没有的事了。水塘里的鲤鱼和冬穴鱼多极了,都潜伏在水底。我很想跳进水塘,抓一些鱼给工人,而且,这次农场异常热闹,又是抓鱼,又是干活。附近来了几个孩子,也帮助工人忙活。过一会儿,玛丝琳也会来的。

我到的时候,水位早已降下去了。时而塘水动荡,水面骤起波纹,露出惶恐不安的鱼群的褐色脊背。孩子在水坑边蹚着泥水,捉住一条亮晶晶的小鱼,便扔进装满清水的木桶里。鱼到处游窜,把塘水搅得越来越混浊,变成了土灰色。想不到鱼这么多,农场四个工人把手伸进水里随便一抓,就能抓到。可惜玛丝琳迟迟不来,我正要跑去找她,忽听有人尖叫,说是发现了鳗鱼。但是,鳗鱼从手指间滑跑,一时还捉不住。夏尔一直站在岸上陪着他父亲,这时再也忍耐不住,突然脱掉鞋和袜子,又脱掉外衣和背心,再高高地挽起裤腿和衬衣袖子,毅然下到水塘里。我也立刻跟着下去。

"喂!夏尔!"我喊道,"您昨天回来赶上了吧?"

他没有答言,只是冲着我笑,心思已经放到抓鱼上。我又马上叫他帮我堵住一条大鳗鱼,我们两双手围拢才把它抓住,接着又逮住一条。泥水溅到我们脸上,有时突然陷下去,水没到大腿根,全身很快就湿透了。我们玩得非常起劲,仅仅欢叫几声，但没有交谈几句话。可是到了傍晚，我已经对夏尔称呼你了，却记不清是从什么时候开始的。我们在这次联合行动中相互了解的事情，比进行一次长谈还要多。玛丝琳还没有到，恐怕不会来了。不过，我对此已不感到遗憾了，心想她在场，反而会妨碍我们的快乐情绪。

第二天一早，我就去农场，找到了夏尔。我们二人朝树林走去。

我很不熟悉自己的土地，也不大想进一步了解，然而，不管是土地还是租金，夏尔都了如指掌，真令我十分惊奇。他告诉我，我有六个佃户，本来可以收取一万八千法郎的租金，可是我只能勉强拿到半数，耗损的部分主要是各种修理费和经纪人的酬金，这些情况我确实不甚了了。他察看庄稼时发出的微笑很快使我怀疑到，我的土地的经营，并不像我原先想的那样好，也不像博加日对我说的那样好。我向夏尔盘根问底。这种实践的真知，由博加日表现出来就叫我气恼，由这个年轻人表现出来却令我开心。我们一连转了几天，土地很广阔，各个角落都探察遍了之后，我们更加有条理地从头开始。夏尔看到一些田地耕种得很糟，一些场地堆满了染料木、蓟草和散发酸味的饲草，丝毫也不向我掩饰他的气愤。他使我跟他一起痛恨这种随意撂荒土地的做法，跟他一起向往更加合理的耕作。

"不过，"开头我对他说，"经营不好，谁吃亏呢？不是佃户自己吗？农场的收成可好可坏，但是并不改变租金呀。"

夏尔有点急了："您一窍不通。"他无所顾忌地答道，说得我微微一笑。"您呀，只考虑收入，却不愿意睁开眼睛瞧瞧资产逐渐毁坏。您的土地耕种得不好，就会慢慢失掉价值。"

"如果能耕种得好些,收获大些,我看佃户未必不肯卖力干。我知道他们很重利,当然是多多益善。"

"您这种算法,没有计入增加的劳动力。"夏尔继续说,"这种田离农舍往往很远,种了也不会有什么收益,但起码不至于荒芜了。"

谈话继续。有时候,我们在田地里信步走一个钟头,仿佛一再思考同样的事情。不过,我听得多了,就渐渐明白了。

"归根结底,这是你父亲的事儿。"有一天,我不耐烦地对他说。夏尔面颊微微一红。

"我父亲上年纪了,"他说道,"监视履行租契,维修房子,收取租金,这些就够他费心的了。他在这里的使命不是改革。"

"你呢,有什么建议呀?"我又问道。然而,他却闪烁其词,推说自己不懂行。我一再催促,才逼他讲出自己的看法。

"把闲置的土地从佃户手里拿回来,"他终于提出建议,"佃户让一部分土地休耕,就表明他们收获太多,不愁向您交租。他们若是想保留土地,那就提高租金。——这地方的人都懒。"他又补充一句。

在六个属于我的农场中,我最愿意去的是瓦尔特里农场。它坐落在俯视莫里尼埃尔的山丘上,佃农那人并不讨厌,我很喜欢跟他聊天。离莫里尼埃尔再近一点的农场叫古堡农场,是以半分成制租出去的。而由于主人不在,一部分牲口就归博加日了。现在我有了戒心,便开始怀疑博加日本人的诚实,他即使没有欺骗我,至少听任好几个人欺骗我。固然给我保留了马匹和奶牛,但我不久就发现这纯属子虚乌有,无非是要用我的燕麦和饲草喂佃户的牛马。以往,博加日时常向我讲些漏洞百出的情况,诸如牲口死亡、畸形、患病等等,我以宽容的态度听着,全都认可了。佃户的一头奶牛只要病倒,就算在我的名下;我的一头奶牛只要膘肥体壮,就归佃户所有了。原先我没有想到会有这种事,然而,夏尔不慎提了几句,讲了几点个人看法,我就开始明白了。思想一旦警觉起来,就特别敏锐了。

经我提醒,玛丝琳仔细审核了全部账目,但是没有挑出一点毛病,这是博加日的诚实的避风港。——"怎么办?"——"听之任之。"——不过,我心里憋气,至少可以注意点牲口,只是不要做得太明显。

我有四匹马、十头奶牛,这就够我伤脑筋的。其中有一匹尽管三岁多了,仍叫"马驹子",现在正在驯它。我开始发生了兴趣,不料有一天,驯马人来对我说,它根本驯不好,干脆出手算了。就好像我准保不大相信,那人故意让马撞坏一辆小车的前身,马腿撞得鲜血淋淋。

这天,我竭力保持冷静,只是看到博加日神情尴尬,才忍住了,心想归根结底,他主要是性格懦弱,而不是用心险恶。全是仆人的过错,他们根本不检束自己。

我到院子里去看马驹子。仆人正打它,一听见我走近,就赶紧抚摩它,我也佯装什么也没有看见。我不怎么识马,但觉得马驹子好看。这是一匹半纯种马,毛色鲜红,腰身修长,眼睛有神,鬃毛和尾巴几乎是金黄色。我检查了马没有动着筋骨,便吩咐仆人把它的伤口包扎一下,没有再说什么就走了。

当天傍晚,我又见到夏尔,立刻问他觉得马驹子怎么样。

"我认为它很温驯,"他对我说,"可是,他们不懂得门道,非得把马弄得狂躁了不可。"

"换了你,该怎么办呢?"

"先生愿意把它交给我一周吗?我敢打包票。"

"你怎么驯它?"

"到时候瞧吧。"

次日,夏尔把马驹子牵到草场一隅,上面有一棵高大的核桃树遮阴,旁边溪水流淌。我带玛丝琳去看了,留下了极为鲜明的印象。夏尔用几米长的缰绳把马驹子拴在一根牢固的木桩上。马驹子非常暴躁,刚才似乎狂蹦乱跳了一阵,这会儿疲惫了,也老实了,只是转圈小跑,步伐更加平稳,轻快得令人惊奇,那姿势十分好看,像舞蹈一样迷人。夏尔站在圈子中心,马每跑一圈,他就腾地一跃,躲过缰绳。他吆喝着,时而叫马快跑,时而叫马减速。他手中举着一根长鞭,但是我没有见他使用。他年轻快活,无论神态和举止,都给这件活儿增添了热烈的气氛。我还没看清怎么回事,他却猝然跨到马上。马慢下来,最后停住。他轻轻地抚摩马,继而,我突然看见他在马上笑着,显得那么自信,只是抓住一点儿鬃毛,俯下身去抚摩。马驹子仅仅尥了两个蹶子,重又平稳地跑起来,真是英姿飒爽。我非常羡慕夏尔,并且把这想法告诉了他。

"再驯几天,马对鞍具就习惯了。过半个月,它会变得像羊羔一样温驯,就连夫人也敢骑上。"

他的话不假,几天之后,马驹子就毫无疑虑地让人抚摩、备鞍,让人遛了。玛丝琳的身体若是顶得住,也可以骑上了。

"先生应当骑上试试。"夏尔对我说。

若是一个人,说什么我也不干,但是,夏尔还提出他骑农场的另外一匹马。于是,我来了兴致,要陪他骑马。

我真感激我母亲!在我童年时,她就带我上过骑马场。初学骑马的久远记忆还有助于我。我骑上马,并不感到特别吃惊。不大工夫,我就全然不怕,姿势也放松了。夏尔骑的那匹马不是良种,要笨重一些,但是并不难看。我们每天骑马出去遛遛,渐渐成了习惯。我们喜欢一大早出发,骑马在朝露晶莹的草地上飞奔,一直跑到树林边缘。榛子湿漉漉的,骑马经过时摇晃起来,将我们打湿。视野豁然开朗,已经到了宽阔的欧日山谷。极目远眺,大海微茫,只见旭日染红并驱散晨雾。我们身不离鞍,停留片刻,便掉转马头,奔驰而归,到古堡农场又流连多时。工人刚刚开始干活,我们抢在前头并俯视他们,心里感到自豪。然后,我们突然离开。我回到莫里尼埃尔,正赶上玛丝琳起床。

我吸饱了新鲜空气,跑马回来,四肢有点疲顿僵麻,心情醉醺醺的,头脑晕乎乎的,但觉得痛快淋漓,精力充沛,渴望工作。玛丝琳赞同并鼓励我这种偶发的兴致。我回来服装未换就去看她,带去一身潮湿的草木叶子的气味。她因等我而迟迟未起床,她说她很喜欢这种气味。于是,我向她讲述我们策马飞驰、大地睡醒、劳作重新开始的种种情景。她体会我的生活,好像跟她自己的生活一样,感到由衷地高兴。不久我就错误地估计了这种快活心情。我们跑马的时间渐渐延长,我常常将近中午才返回。

然而,下午和晚上的时间,我尽量用来备课。工作进展顺利,我挺满意,觉得日后集讲义成书,此时的工作将多有助益。可是,由于逆反心理的作用,一方面我的生活渐渐有了条理,有了节奏,我也乐于把身边的事务都安排得井井有条;而另一面,我对哥特人古朴的伦理却越来越感兴趣。一方面我在讲课过程中,极力宣扬赞美这种缺乏文化的愚昧状态,那大胆的立论后来招致物议;而另一方面,我对周围乃至内心可能唤起这种状态的一切,即或不是完全排除,却也千方百计地控制。我这种明智,或者说这种悖谬,不是一发而不可收吗?

有两个佃户的租契到圣诞节就期满了,希望续订,要来找我办理。按照习惯,只要签署一份所谓的"土地租约"就行了。由于天天跟夏尔交谈,我心里有了底,态度坚决地等佃户上门;而佃户呢,也仗着换一个佃户并非易事,开头要求降低租金,不料听了我念的租约,惊得目瞪口呆。在我写好的租约里,我不仅拒绝降低租金,而且还要把我看见他们没有耕种的几块地收回来。开头他们装作打哈哈,说我开玩笑,几块地我留在手里干什么呢？这些地一钱不值，他们没有利用起来，就是因为根本派不了用场……接着，他们见我挺认真，便执意不肯，而我也同样坚持。他们以离开相威胁，以为会把我吓倒。哪知我就等他们这句话：

"哦！要走就走吧！我并没有拦着你们。"我对他们说。我抓起租约，嚓的一声撕为两半。

这样一来，一百多公顷的土地就要窝在我的手里了。有一段时间，我已经计划由博加日全权经营，心想这就是间接地交给夏尔管理。我还打算自己保留相当一部分，况且这用不着怎么考虑：经营要冒风险，仅此一点就使我跃跃欲试。佃户要到圣诞节的时候才能搬走，在那之前，我们还有转圜的余地。我让夏尔要有思想准备，见他喜形于色，我立刻感到不快。他还不能掩饰喜悦的心情，这使我意识到他过分年轻。时间已相当紧迫,这正是第一茬庄稼收割完毕,土地空出来初耕的季节。按照老规矩,新老佃户的活计交错进行,租约期满的佃户收完一块地,就交出一块地。我担心被辞退的佃户蓄意报复,采取敌对态度,而情况却相反,他们宁愿对我装出一副笑脸(后来我才知道,他们这样做有利可图)。我趁机从早到晚出门,去察看不久便要收回来的土地。时已孟秋,必须多雇些人加速犁地播种。我们已经购买了钉齿耙、镇压器、犁铧。我骑马巡视、监督并指挥人们干活,过起发号施令的瘾。

在此期间,佃户正在毗邻草场的地方收苹果。苹果这年空前大丰收,纷纷滚落到厚厚的草地上。人手根本不够,从邻村来了一些,雇用一周。我和夏尔手发痒,常常帮他们干。有的人用长竿敲打树枝,震落晚熟的苹果;熟透的自落果单放,它们掉在高高的草丛中,不少摔伤碰裂。

到处是苹果，一迈步就踩上。一股酸溜溜、甜丝丝的气味，同翻耕的泥土气味混杂起来。

秋意渐浓。最后几个晴天的早晨最凉爽，也最明净。有时，潮湿的大气使天际变蓝，退得更远。散步就像旅行一般，方圆仿佛扩大了。有时则相反，大气异常透明，天际显得近在咫尺，似乎一鼓翅就到了。我说不清这两种天气哪一种更令人情意缠绵。我基本备完课了，至少我是这样讲的，以便更理直气壮地撂下。我不去农场的时候，就守在玛丝琳身边。我们一同到花园里，缓步走走，她则沉重而倦慵地倚在我的胳膊上。走累了就坐到一张椅子上，俯视被晚霞照得通明的小山谷。她偎依在我肩头上的姿势十分温柔，我们就这样不动也不讲话，一直待到黄昏，体味着一天的时光融入我们身体里的感觉。

犹如一阵微风时而吹皱极为平静的水面，她

内心最细微的波动也能在额头上显示出来。她神秘地谛听着体内一个新生命在颤动。我身体俯向她,如同俯向一泓清水,无论往水下看多深,也只能见到爱情。唉!倘若追求的还是幸福,相信我即刻就要拢住,就像用双手徒劳地捧流水一样。然而,我已经感到幸福的旁边,还有不同于幸福的东西,它把我的爱情点染得色彩斑斓,就像点染秋天那样。

秋意渐浓。青草每天都被露水打得更湿,长在树木背阴处的再也干不了,在熹微的晨光中变成白色。水塘里的野凫乱鼓翅膀,发狂般躁动,有时成群飞起来,嘎嘎喧嚣,在莫里尼埃尔上空盘旋一周。一天早上,它们不见了,因为已经被博加日关起来了。夏尔告诉我,每年秋天迁徙的时节,就会把它们关起来。几天之后,天气骤变。一天晚上,突然刮起大风,那是大海的气息,集中而猛烈,送来北风和雨,吹走候鸟。玛丝琳的身孕、新居的安排和备课的考虑,都催促我们回城。坏天气的季节来得太早,将我们赶走了。

后来到十一月份,我因为农场的活倒是回去过一次。我听了博加日对冬季的安排很不高兴。他向我表示要打发夏尔回模范农场,那里还有很多东西可学。我同他谈了好久,找出种种理由,磨破了嘴皮,也没有说动他。他顶多答应让夏尔缩短一点学习时间,稍微早些回来。博加日也不向我掩饰他的想法:经营这两个农场相当费力,不过,他已经看中两个非常可靠的农民,打算雇来当帮手。他们就算作付租金佃户,算作分成制佃农,算作仆人。这种情况当地从未有过,不是什么好兆头,但是他又说,是我要这样干的。——这场谈话是在十月底进行的。十一月初我们就回巴黎了。

二

我们的家安在帕希附近的 S 街。房子是玛丝琳的一位哥哥给我的,我们上次路过巴黎时看过,比我父亲给我留下的那套房间大多了。玛丝琳有些担心,不单房租高,各种花销也要随之增加。我假装极为厌恶流寓生活,以打消她的种种顾虑,我自己也极力相信并有意夸大这种厌恶情绪。新安家要花不少钱,这年会入不敷出。不过,我们的收入已很可观,今后还会更可观。我把讲课费、出书稿酬都打进来,而且还把我的农场将来的收入打进来！因此，多少费用我也不怕，每次心里都想自己又多了一道羁縻，从而一笔勾销我所有感觉，或者害怕在自身感到的游荡癖。

最初几天，我们从早到晚出去采购物品。尽管玛丝琳的哥哥热心帮忙，后来代我们采购过几次，可是不久，玛丝琳还是感到疲惫不堪。本来她需要休息，哪知家刚刚安置好，紧接着她又不得不连续接待客人——由于我们一直出游在外，这次安了家来人特别多。玛丝琳久不与人交往，既不善于缩短客访时间，又不敢杜门谢客。一到晚上，我就发现她精疲力竭。我即或不用担心她因身孕而感到的疲倦，起码也要想法使她少受点累，因而经常替她接待客人，有时也替她回访。我觉得接待客人没意思，回访更乏味。

我向来不善言谈，向来不喜欢沙龙里的侈谈与风趣，然而从前，我却经常出入一些沙龙，但是那段时间已很遥远了。这期间发生了什么变化呢？我跟别人在一起感到无聊、烦闷和气恼，不仅自己拘束，也使别人拘束。那时我就把你们看作我唯一真正的朋友，可是偏偏不巧，你们都不在巴黎，而且一时还回不来。当时就是对你们，我会谈得好些吗？也许你们理解我比我自己还要深吧。然而，在我身上滋生的，如今我对你们讲的这一切，当时我又知道多少呢？在我看来，前途十分牢稳，我从来没有像那样掌握未来。

当时即使我有洞察力，可是在于贝尔、迪迪埃和莫里斯身上，在许许多多别的人身上，我又能找到什么高招对付我自己呢！对这些人，你们了解，看法也跟我一样。唉！我很快就看出，跟他们谈话如同对牛弹琴。我刚刚同他们交谈几次，就感到他们给我造成的无形压力，我不得不扮演一个虚伪的角色，不得不装成他们认为我依然保持的样子,否则就会显得矫揉造作。为了相处方便,我就假装具有他们硬派给我的思想与情趣。一个人不可能既坦率,又显得坦率。

我倒愿意重新见见考古学家、语文学家这一圈子人。不过跟他们一交谈,也兴味索然,无异于翻阅好的历史词典。起初,我对几个小说家和诗人还抱有希望,认为他们多少能直接了解生活,然而,他们即便了解,也必须承认他们不大表现出来。他们多数人似乎根本不食人间烟火,只摆出活在世上的姿态,差一点点就觉得生活妨碍写作,令人恼火了。不过,我也不能谴责他们,我难于断定不是自己错了……再说,我所谓的生活,又是什么呢?——这正是我盼望别人给我指点迷津的。——大家都谈论生活中的事件,但绝口不提那些事件的原因。

至于几个哲学家,训迪我本来是他们的本

分，可是我早就清楚能从他们那里得到什么教诲。数学家也好，新批判主义者也罢，都尽量远远避开动荡不安的现实。他们无视现实，就像几何学家无视他们测量的大量物品的存在一样。

我回到玛丝琳的身边，丝毫也不掩饰这些拜访给我造成的烦恼。

"他们都一模一样，"我对她说，"每个人都扮演双重角色。我跟他们之中一人讲话的时候，就好像在跟许多人讲话。"

"可是，我的朋友，"玛丝琳答道，"您总不能要求每个人都跟其他所有人不同。"

"他们相互越相似，就越跟我不同。"

继而，我更加怅然地又说：

"谁也不知道自己有病。他们生活，徒有生活的样子，却不知道自己在生活。况且，我也一样，自从和他们来往后，我不再生活了。日复一日,今天我干什么了呢?恐怕九点钟前就离开了您,走之前,我只有片刻时间看看书,这是一天里唯一的良辰。您哥哥在公证人那里等我,告别公证人,他没有放手,又拉我去地毯商店。在高级木器商店里,他使我颇感拘束,但是到了加斯东那里我才同他分手。我同菲利浦在那条街的餐馆吃过午饭,又去找在咖啡馆等候我的路易,同他一起听了泰奥多尔的荒谬的讲课。出门时,我还恭维泰奥多尔一通,为了谢绝他星期天的邀请,只好陪他去亚瑟家。于是,又跟亚瑟去看水彩画展,再到阿贝尔蒂娜家和朱莉家投了名片。我已精疲力竭,回来一看,您跟我一样累,接待了阿德莉娜、玛尔特、雅娜和索菲娅。现在一到晚上,我就回顾一天的所作所为,感到一天光阴蹉跎过去,只留下一片空白,真想抓回来,再一小时一小时重新度过,心里愁苦得几欲落泪。"

然而，我却说不出我所理解的生活是什么，说不出我喜欢天地宽些、空气新鲜的生活，喜欢少受别人限制、少为别人操心的生活，其秘密是不是单单在于我的拘束之感。我觉得这一秘密奇妙难解，心想好比死而复活之人的秘密，因为我在其他人中间成了陌生人，仿佛是从阴曹地府里回来的人。起初，我的心情痛苦而惶惑，然而不久，又产生一种崭新的意识。老实说，在我的受到广泛称誉的研究成果发表的时候，我没有丝毫得意的感觉。现在看来，那恐怕是骄傲心理吧？也许是吧，不过至少没有掺杂一丝的虚荣心。那是我第一次意识到自己的价值：把我同世人分开、区别开的东西，至关重要；除我而外，没有任何人，他们讲也讲不出来的东西，正是我要讲的。

不久我就登台授课了。我受讲题的激发，在

第一课中倾注了全部簇新的热情。我谈起发展到绝顶的拉丁文明,描述那无愧于人民的文化艺术,说这种文化宛如分泌过程,开头显示了多血质和过分旺盛的精力,继而便凝固、僵化,阻止思想同大自然的任何珠联璧合的接触,以表面的持久的生机掩盖生命力的衰退,形成一个套子,思想禁锢在里面就要松弛,很快萎缩,以致衰竭了。最后,我彻底阐明自己的观点,断言这种文化产生于生活,又扼杀生活。

历史学家指责我的推断概括失之仓促,还有的人讥弹我的方法;而那些赞扬我的人,又恰恰是最不理解我的人。

我是讲完课出来,头一次同梅纳尔克重新见面的。我同他向来交往不多,在我结婚前不久,他又出门了,他去进行这类考察研究,往往要和我们暌隔一年多。从前我不大喜欢他,他好像挺傲气,对我的生活也不感兴趣。这次见他来听我的第一讲,我不禁感到十分意外。他那放肆的神态,我乍一见敬而远之,但是挺喜欢。他冲我微笑的样子,让人感到如沐春风,十分难得。当时有一场荒唐而可耻的官司闹得满城风雨,报纸乘机大肆诋毁他,那些被他的恃才傲物、目无下尘的态度刺伤了的人,也都纷纷借机报复。而令他们大为恼火的是,他好像不为所动,处之泰然。

"何苦呢,就让他们有道理好了,既然他们没有别的东西,只能以此安慰自己。"他就是这样回答别人的谩骂。

然而,"上流社会"却义愤填膺,那些所谓"互相敬重"的人认为必须以蔑视回敬,把他视作同路人。这又是一层原因:我似乎受到一种秘密力量的吸引,在众目睽睽之下,走上前去,同他友好地拥抱。

看到我在同什么人说话,最后几个不知趣的人也走了,只剩下我和梅纳尔克。

刚才受到情绪激烈的批评和无关痛痒的恭维,现在只听他对我的讲课评论几句,我的心情就宁帖了。

"您把原先珍视的东西付之一炬,"他说道,"这很好。只是您这一步走晚了点儿,不过,火力也因而更加猛烈。我还不清楚是否抓住了您的要领。您这人真令我惊讶。我不好同人聊天,但是希望跟您谈谈。今天晚上赏光,同我一起吃饭吧。"

"亲爱的梅纳尔克,"我答道,"您好像忘记我有了家室。"

"哦,真的,"他又说道,"看到您敢于上前跟我搭话,态度那么热情坦率,我还以为您自由得多呢。"

我怕伤了他的面子,更怕自己显得软弱,便对他说,我晚饭后去找他。

梅纳尔克到巴黎总是暂时客居,在旅馆下榻。即便如此,他也让人整理出好几个房间,安排成一套房子的规模。他有几个仆人侍候,单独吃饭,单独生活。他嫌墙壁和家具俗气丑陋,就把他从尼泊尔带回来的几块布挂上去,他说等布挂脏了好赠送给哪家博物馆。我太急于见他,进门时见他还在吃饭,便连声叨扰。

"不过,我还不想就此结束,想必您会容我把饭吃完。您若是到这儿吃晚饭,我就会请您喝设拉子酒,这是哈菲兹[1]歌颂过的佳酿。可是现

---

[1] 哈菲兹(Hafez,约1327—约1390):著名的波斯抒情诗人。

在太迟了,这种酒宜于空腹喝。您至少喝点利口酒吧?"

我同意了,心想他准会陪我喝一杯,却见他只拿一只杯子,不免奇怪。

"请原谅,我几乎从来不喝酒。"他说道。

"您怕喝醉了吗?"

"唉!恰恰相反!"他答道,"在我看来,滴酒不沾,才是酩酊大醉。我在沉醉中保持清醒。"

"而您却给别人斟酒。"

他微微一笑。

"我总不能要求人人具备我的品德。在他们身上发现我的邪癖,就已经不错了。"

"起码您还吸烟吧?"

"烟也不大吸。这是一种缺乏个性的消极的醉意,极容易达到。我在沉醉中寻求的是生命的激发,而不是生命的缩减。不谈这个了。您知道我是从哪儿来的吗？从比斯克拉。我听说您不久前到过那里，就想去寻觅您的踪迹。这个盲目的学者，这个书呆子，他到比斯克拉干什么去啦？我有一种习惯，只有别人告诉我的事情，我听完后，不再探究，而对我自己要了解的事情，老实说，我的好奇心是没有止境的。因此，凡是能去的地方，我都去寻觅、搜索、调查过了。我的冒失行为还真有用，正是这种行为使我产生了再同您晤面的愿望，而且我知道现在要见的，不是我从前所见的那个墨守成规的老夫子，而是……是什么，这要由您来向我说明。"

我感到自己的脸涨红了。

"您了解到我什么情况了，梅纳尔克？"

"您想知道吗？不过，您不必担心呀！您了解您的朋友和我的朋友，知道我不可能对任何人谈论您。您也瞧见了您讲的课是否为人理解！"

"然而,"我略微不耐烦地说,"还没有任何迹象表明我对您可以深谈。好了!您究竟打听到我什么情况了?"

"首先,听说您得了一场病。"

"哦,这情况毫无……"

"唉!这情况就已经很重要了。还听说您好独自一人出去,不带书(从这儿我开始佩服您了),或者,您不是独自一人出去的时候,更愿意让孩子而不是让尊夫人陪同。不要脸红呀,否则我就不讲下去了。"

"您讲吧,不要看我。"

"有一个孩子,如果我记得不错的话,他叫莫克蒂尔,长得没有那么俊,又好偷,又好骗。我看出他能提供很多情况,便把他笼络住,收买他的信任,您知道这并不容易,因为,我认为他一边说不再撒谎,一边还在撒谎。他对我讲的有关您的事,您告诉我是不是真的。"

这时,梅纳尔克已经起身,从一个抽屉里拿出一个小匣子,把它打开。

"这把剪刀是您的吧?"他问道,同时递给我一样锈迹斑斑的、又尖又弯的、形状很怪的东西。然而,我没有怎么费劲就认出正是莫克蒂尔从我那儿偷走的小剪刀。

"对,是我的,这正是我妻子原来的剪刀。"

"他说是趁您回过头去的工夫拿走的,那天房间里只有你们两个人。不过,有趣的还不在这儿。他说他把剪刀藏进斗篷的当儿,就明白了您在镜子里监视他,而且瞥见了您映在镜子里的窥察的眼神。您目睹他偷了东西,却绝口不提!对您这种缄默,莫克蒂尔感到非常意外……我也一样。"

"听了您讲的,我也深感意外——怎么!他

居然知道我瞧见啦!"

"这还不是最重要的。您想比一比谁狡猾,在这方面,那些孩子总能把我们耍了。您以为逮住了他,殊不知他却逮住了您……这还不是最重要的。请向我解释一下,您为什么保持沉默。"

"我还希望别人给我解释呢。"

我们静默了半晌。梅纳尔克在屋里踱来踱去,漫不经心地点燃一支烟,随即又扔掉。

"事情在于一种'意识'。"他又说道,"正如别人所说的'意识',而您好像缺乏,亲爱的米歇尔。"

"'道德意识',也许是吧。"我勉强一笑,说道。

"唉!不过是所有权的意识。"

"我看您自己这种意识也不强。"

"可以说微乎其微,您瞧,这里什么也不是

我的。不提也罢,就连我睡觉的这张床也不属于我。我憎恶安逸,有了财物,就滋长这种思想,就会高枕无忧。我相当喜爱生活,因而要活得清醒。我正是以这种不稳定的情绪刺激,至少激发我的生活。我不能说我好冒险,但是我喜欢充满风险的生活,希望这种生活时刻要我付出全部勇气、全部幸福和整个健康的体魄。"

"既然如此,您责怪我什么呢?"我打断他的话。

"唉!您完全误解了我的意思,亲爱的米歇尔。我试图表明自己的信念,这下又干了蠢事!……如果说我不大理会别人赞同还是反对,那是因为轮不到我来赞同或反对。对我来说,这些词没有多大意义。刚才我谈自己太多了,自以为被人理解,话就刹不住闸……我只想对您讲,对一个缺乏所有权意识的人来说,您似乎很富有,这就严重了。"

"我富有什么呀?"

"什么也没有,既然您持这种口吻……不过,您不是开课了吗?您在诺曼底不是拥有土地吗?您不是来帕希安家,并且把家布置得相当豪华吗?您结了婚,不是盼个孩子吗?"

"就算是吧!"我不耐烦地说道,"然而,这仅仅证明我有意把自己的生活安排得,拿您的话说,比您的生活更'危险'。"

"是啊,仅仅。"梅纳尔克讥诮地重复道。接着他猛然转过身来,把手伸给我:

"好了,再见吧。今天晚上就到此为止,再谈下去,也不会有什么名堂。改日见吧。"

有一段时间我没有再见到他。

我又忙于应付新的事务、新的思虑。一位意

大利学者通知我,他把一批新资料公之于世,我为讲课用了很长时间研究了那些资料。感到头一讲没有被人正确领会,就更激起我的欲望,我要以不同方法更有力地阐明以下几讲。因此,我原先以巧妙的假说提出的观点,现在就要敷衍成学说。多少论证者的力量,就在于别人不理解他们用含蓄的话阐述的问题。至于我,老实说,我还不能分辨在必要的正常论证中,又有多少固执的成分。我要讲述的新东西越难讲,尤其越难讲明白,我就越急于讲出来。

然而,跟行为一对照,话语变得多么苍白无力啊!生活、梅纳尔克的一举一动,不是比我讲的话雄辩千倍吗?我恍然大悟,古代贤哲近乎纯粹道德的教诲,总是言行并重,甚而行重于言!

上次晤面之后将近三周,我又在家里见到了梅纳尔克。他到的时候,正值一次人数众多的聚会的尾声。为了避免天天有人打扰,我和玛丝琳干脆每星期四晚上敞门招待,其他日子就好杜门谢客了。因此,每星期四,自称是我们朋友的人便纷纷登门。我们的客厅非常宽敞,能接待很多人,聚会延至深夜。如今想来,吸引他们的主要是玛丝琳的优雅,以及他们之间交谈的乐趣。至于我,从第二次晚会开始,就觉得听无可听,说无可说,难以掩饰烦闷的情绪。我遛来遛去,从吸烟室到客厅,又从前厅到书房,东听一句,西瞥一眼,无心观察他们干什么。

安托万、艾蒂安和戈德弗鲁瓦仰卧在我妻子的精巧的沙发椅上,在争论议会的最近一次投票。于贝尔和路易乱弄乱摸我父亲收藏的出色的铜版画。在吸烟室里,马蒂亚斯把点燃的雪茄放在玫瑰木桌上,以便更专心地听列奥纳尔高谈阔论。一杯柑香酒洒在地毯上。阿贝尔的一双泥脚肆无忌惮地搭在沙发床上,弄脏了罩布。人们呼吸着物品严重磨损带来的粉尘……我心头火起,真想把我的客人一个个全推出去。家具、罩布、铜版画,一旦染上污痕,在我看来就完全丧失价值。物品垢污,物品患疾,犹如死期已定。我很想独自占有,把这一切都封存起来。我不免思忖,梅纳尔克一无所有,该是多么幸福啊!而我呢,我正是苦于要珍惜收藏。其实,这一切对我又有什么要紧呢?

在灯光稍暗、由一面没有镀锡的镜子隔开的小客厅里,玛丝琳只接待几个密友。她半卧在靠垫上,脸色惨白,不胜劬劳。我见了陡然惊慌起来,心下决定这是最后一次接待客人了。时间已晚。我正要看表,忽然摸到放在我背心兜里的莫克蒂尔的那把小剪刀。

"这小家伙,既然偷了剪刀就弄坏,就毁掉,那他为什么要偷呢?"

这时,有人拍拍我的肩膀,我猛地回身,原来是梅纳尔克。

恐怕只有他一人穿着礼服。他刚刚到。他请我把他引见给我妻子,他不提出来,我绝不会主动引见。梅纳尔克仪表堂堂,相貌有几分英俊;已经灰白的浓髭胡垂向两侧,将那张海盗式的面孔截开;冷峻的眼神显出他刚毅果决有余,仁慈宽厚不足。他刚同玛丝琳一照面,我就看出玛丝琳不喜欢他。等他俩寒暄几句之后,我便拉他去吸烟室。

当天上午我就得知,殖民部长交给他一项新的使命。不少报纸发消息的同时,又回顾了他那充满艰险的生涯,溢美之言唯恐不足以颂扬,仿佛忘记了不久前还肆意毁谤他。报纸争相渲染他前几次勘察中的发现,对国家,对全人类所做的贡献,就好像他只为人道主义的目的效力。还称颂他吃苦耐劳,忠于职守,胆识过人,大有他专门追求这类赞誉的劲头。

我一上来也向他道贺,可是刚说两句就被他打断了。

"怎么!您也如此,亲爱的米歇尔,然而当初您可没有骂我呀,"他说道,"还是让报纸讲这些蠢话去吧。一个品行遭到非议的人,居然有几点长处,现今看来是咄咄怪事。我完全是一个整体,无法区分他们派在我身上的瑕瑜。我只求自然,不想装什么样子,每次行动所感到的乐趣,就是我应当从事的标志。"

"这样很可能有建树。"我对他说。

"我有这种信念,"梅纳尔克又说道,"唉!

我们周围的人若是都相信这一点就好了。可是，大多数人却认为对他们自己只有强制，否则不会有任何出息。他们醉心于模仿。人人都要尽量不像自己，人人都挑个楷模来仿效，甚至并不选择，而是接受现成的楷模。然而我认为，人的身上还另有可观之处。他们却不敢，不敢翻过页面。模仿法则，我称作畏惧法则。怕自己孤立，根本找不到自我。我十分憎恶这种精神上的广场恐惧症，这是最大的怯懦。殊不知人总是独自进行发明创造的。不过，这里谁又立志发明呢？自身感到的不同于常人之处，恰恰是稀罕的，使其具有价值的东西。然而，人们却要千方百计地压抑，继而相互模仿，就这样还口口声声地说热爱生活。"

我由着梅纳尔克讲下去。他所说的，正是上个月我对玛丝琳讲过的话，我本来应当同意。然而，出于何等懦弱心理，我却打断他的话，一字

不差地重复玛丝琳打断我时说的那句话:

"然而,亲爱的梅纳尔克,您总不能要求每个人都跟其他所有人不同。"

梅纳尔克戛然住声,样子奇怪地凝视我,接着,就在他像欧塞贝[1]一般上前告辞的当口,他顺势毫不客气地转身去同埃克托尔交谈了。

话刚一出口,我就觉得很蠢,尤其懊悔的是,梅纳尔克听了这话可能会认为,我被他的话刺痛了。夜深了,客人纷纷离去。等客厅里的人几乎走空了,梅纳尔克又朝我走来,对我说道:

"我不能就这样离开您。无疑我误解了您的话,至少让我存这种希望吧。"

"哪里,"我答道,"您并没有误解。我那话毫无意义,实在愚蠢,刚一出口我就懊悔莫及,

---

1 欧塞贝(265—340):希腊基督教徒作家。

尤其感到在您的心目中，我要被那话打入您刚刚谴责的那些人之列，而我可以明确地告诉您，我像您一样讨厌那类人，我憎恶所有循规蹈矩的人。"

"他们是人间最可鄙的东西，"梅纳尔克又笑道，"跟他们打交道，就别指望有丝毫的坦率，因为他们唯道德准则是从，否则就认为他们的行为不正当。我稍微一觉察您可能同那些人气味相投，就感到话语冻结在嘴唇上了。我当即产生的忧伤向我揭示，我对您的感情多么深笃。我就愿意是自己误会了，当然不是指我对您的感情有假，而是指我对您的判断不准。"

"的确，您判断错了。"

"哦！是这么回事吗？"他猛然抓住我的手，说道，"告诉您，不久我就要启程了，但是我还想跟您见见面。我这次远行，比前几次时间更长,风险更大,归期难以预料。再过半个月就动身,这里还无人知晓我的行期这么近,我只是私下告诉您。天一破晓就起行。不过,每次动身之前那一夜,我总是惶恐不安。向我证明您不是循规蹈矩的人吧。在那最后一夜,能指望您陪伴我吗?"

"在那之前,我们还会见面的嘛。"我颇感意外地说道。

"不会见面了。这半个月,我谁也不见了,甚至不在巴黎。明天,我去布达佩斯,六天之后,还要到罗马。那两个地方有我的友人,离开欧洲之前,我要去同他们话别。还有一个在马德里盼我去呢。"

"一言为定,我跟您一起度过那个夜晚。"

"好,我们可以饮设拉子酒了。"梅纳尔克说道。

这次晚会过后几天，玛丝琳的身体开始不适。前面说过，她常常感到疲倦，但她忍着不哀怨，而我却以为这种倦怠是她有身孕的缘故，是非常自然的，也就没有在意。起初请来一个老大夫，他不是糊涂，就是不谙病情，叫我们一百个放心。然而，看到玛丝琳总是心绪不宁，身体又发热，我就决定另请T大夫，他是公认的医道最高明的专家。大夫奇怪为什么没有早些就医，并做出了严格的饮食规定，说患者前一阵就应当遵循了。玛丝琳太好强，不知将息，结果疲劳过度。在一月末分娩之前，她必须终日躺在帆布椅上。她完全服从极为难耐的医嘱，无疑是她颇为担心，身体比她承认的还要不舒服。她一直硬挺着，现在一种教徒式的服帖摧垮了她的意志，以致几天当中，她的病情便突然加重了。

我更加精心护理，并且拿T的话极力安慰

她，说大夫认为她身体没有任何严重的病状。然而，她那样忐忑不安，最后也使我惊慌失措了。啊！我寄寓希望的幸福，真好比幕上燕巢！未来毫无把握！当初我完全埋在故纸堆里，忽然一日，现实却令我心醉，哪知未来襄解了现实的魅力，甚于现实襄解往昔的魅力。自从我们在索伦托度过的那一良宵，我的全部爱、全部生命，就已经投射在前景上了。

话说到了我答应陪伴梅纳尔克的夜晚。整整一个冬夜要丢下玛丝琳，我虽然放心不下，但还是尽量让她理解这次约会和我的诺言非同儿戏，绝不能爽约失信。这天晚上，玛丝琳感觉好一些，不过我还是担心，一位女护士代替我守护她。然而一来到街上，我重又惴惴不安。我内心进行搏击，要驱除这种情绪，同时也恨自己无计摆脱。我的神经渐渐高度紧张，进入一种异常亢奋的状态，同造成这种状态的痛苦悬念既不同又相近，不过更接近于幸福感。时间不早了，我大步走去。大雪纷纷降落。我呼吸着凛冽的空气，迎斗严寒，迎斗风雪与黑夜，终于感到十分畅快。我在体味自己的勇力。

梅纳尔克听见我的脚步声，便迎到楼道上。他颇为焦急地等候我，只见他脸色苍白，皮肉微微抽搐。他帮我脱下大衣，又逼我脱掉湿了的皮靴，换上软绵绵的波斯拖鞋。在炉火旁边的独脚圆桌上，摆着各种糖果。室内点着两盏灯，但还没有炉火明亮。梅纳尔克首先询问玛丝琳的身体状况。我回答说她身体很好，一语带过。

"你们的孩子呢，快出世了吧？"他又问道。

"还有两个月。"

梅纳尔克朝炉火俯下身去，仿佛要遮住他的面孔。他沉默下来，久久不语，以致弄得我有些尴尬，一时不知道说什么好。我起身走了几步，继而走到他跟前，把手搭在他的肩膀上。于是，他仿佛顺着自己的思路，自言自语地说：

"必须抉择。关键是弄清自己的心愿。"

"唔！您不是要动身吗？"我问道，心里摸不准他的话的意思。

"也许吧。"

"难道您还犹豫吗？"

"何必问呢？您有妻子孩子，就留下吧。生活有千百种形式，每人只能经历一种。艳羡别人的幸福，那是想入非非，即便得到也不会享那个福。现成的幸福要不得，应当逐步获取。明天我就要启程了。我明白，我是按照自己的身材裁制这种幸福。您就守住家庭的这种平静的幸福吧。"

"我也是按照自己的身材裁制幸福的。"我高声说道，"不过，我个子又长高了。现在，我的幸福紧紧箍住我,有时候,勒得我几乎喘不上来气儿!"

"哦!您会习惯的!"梅纳尔克说道。接着,他站在我面前,直视我的眼睛,看到我无言以对,便辛酸地微微一哂,又说道:"人总以为占有,殊不知反被占有。"

"斟设拉子酒吧,亲爱的米歇尔,您不会经常喝到的。吃点这种粉红色果酱,这是波斯人的下酒菜。今天晚上,我要和您交杯换盏,忘记明天我起行之事,随便聊聊,就当这一夜十分漫长。如今诗歌,尤其哲学,为什么变成了死字空文,您知道吗?就是因为诗歌哲学脱离了生活。古希腊直截了当地把生活理想化,以致艺术家的生活本身就是一部诗篇,哲学家的生活就是本人哲学的实践。同样,诗歌和哲学参与了生活,相互不再隔绝不解,而是哲学滋养着诗歌,诗歌抒发着哲学,两者相得益彰,具有振聋发聩的力量。然而,如今美不再起作用,行为也不再考虑美不美,明智却独来独往。"

"您的生活充满了智慧,"我说道,"何不写回忆录呢?——再不然,"我见他微微一笑,便补充说,"就只记述您的旅行不好吗?"

"因为我不喜欢回忆,"他答道,"我认为那样会阻碍未来的到达,并且让过去侵入。我是在完全忘却昨天的前提下,才强行继承每时每刻。曾经幸福,绝不能使我满足。我不相信死去的东西,总把不再存在和从未有过两种情况混为一谈。"

这番话大大超越了我的思想,终于把我激怒了。我很想往后拉,拉住他,然而我绞尽脑汁,也想不出反驳他的话。况且,与其说生梅纳尔克的气,还不如说生我自己的气。于是,我默然不

语。梅纳尔克则忽而踱来踱去,宛似笼中的猛兽,忽而俯向炉火,忽而沉默良久,忽而又开口说道:

"哪怕我们贫乏的头脑善于保存记忆也好哇!可是偏偏保存不善,最精美的变质了,最香艳的腐烂了,最甜蜜的后来变成最危险的了。追悔的东西,当初往往是甜蜜的。"

又是长时间静默,然后他说道:

"遗憾、懊恼、追悔,这些都是从背后看去的昔日欢乐。我不喜欢向后看,总把自己的过去远远甩掉,犹如鸟儿振翅飞翔离开自己的身影。啊!米歇尔,任何快乐都时刻等候我们,但总是要找到空巢,要独占,要独身的人去会它。啊!米歇尔,任何快乐都好比日渐腐烂的荒野吗哪[1],

---

[1] 《圣经·旧约》中记载的神赐食物,使古以色列人在旷野四十年得以存活。

又好比阿梅莱斯神泉水,根据柏拉图的记载,任何瓦罐也装不了这种神泉水。让每一时刻都带走它送来的一切吧。"

梅纳尔克还谈了很久,我在这里不能把他的话一一复述出来。许多话都刻在我的脑海里,我越是想尽快忘却,就越是铭记不忘。这并不是因为我觉得这些话有什么新意,而是因为它们陡然剥露了我的思想,须知我用多少层幕布遮掩,几乎以为早已把这种思想扼杀了。一宵就这样流逝。

到了清晨,我把梅纳尔克送上火车,挥手告别之后,踽踽独行,好回到玛丝琳的身边,一路上情绪沮丧,恨梅纳尔克寡廉鲜耻的快乐。我希望这种快乐是装出来的,并极力否认。可恼的是自己无言以对,可恼的是自己回答的几句话,反而会使他怀疑我的幸福与爱情。我牢牢抓住我这毫无把握的幸福，拿梅纳尔克的话说，牢牢抓住我的"平静的幸福"。唉！我无法排除忧虑，却又故意把这忧虑当成我的爱情的食粮。我探望将来，已经看见我的小孩冲我微笑了。为了孩子，我的道德现在重新形成并加强。我步履坚定地朝前走去。

唉！这天早晨，我回到家，刚进前厅，只见异常混乱，不禁大吃一惊。女护士迎上来，用词委婉地告诉我，昨天夜里，我妻子突然感到特别难受，继而剧烈疼痛，尽管算来她还没到预产期。由于感觉不好，她就派人去请大夫。大夫虽然连夜赶到，但是现在还没有离开病人。接着，想必看到我面如土色，女护士就想安慰我，说现在情况已经好转，而且……我冲向玛丝琳的卧室。

房间很暗，乍一进去，我只看清打手势叫我

肃静的大夫，接着看见昏暗中有一个陌生的面孔。我惶恐不安，蹑手蹑脚地走到床前。玛丝琳紧闭双目，脸色惨白，乍一看我还以为她死了。不过，她虽然没有睁开眼睛，却向我转过头来。那个陌生人在昏暗的角落里收拾并藏起几样物品，我看见有发亮的仪器、药棉，还看见，我以为看见一块满是血污的床单……我感到身子摇晃起来，倒向大夫，被他扶住了。我明白了，可又害怕明白。

"孩子呢？"我惶恐地问道。

大夫惨然地耸了耸肩膀。——我一时蒙了，扑倒在病榻上，失声痛哭。噢！猝然而至的未来！我脚下忽地塌陷，前面唯有空洞，我在里面踉跄而行。

这段时间，记忆一片模糊。不过，最初，玛丝琳的身体似乎恢复得挺快。年初放假，我有点闲暇时间，几乎终日陪伴她。我在她身边看书，写东西，或者轻声给她念。每次出去，准给她带回来鲜花。记得我患病时，她尽心护理，十分体贴温柔，这次我也以深挚的爱对待她，以致她时常微笑起来，显得心情很舒畅。我们只字不提毁掉我们希望的那件惨事。

不久，玛丝琳得了静脉炎，炎症刚缓和，血管栓塞又突发，她生命垂危。那是在深夜，还记得我俯身凝视她，感到自己的心脏随着她的心脏停止或重新跳动。我定睛看着她，希望以强烈的爱向她注入一点我的生命，我像这样守护了她多少夜晚啊！当时我自然不大考虑幸福了，但是，能时常看到她的笑容，却是我忧伤中的唯一快慰。

我又讲课了。哪儿来的力量备课讲授呢？记忆已经消泯，我也说不清一周一周是如何度过

的。不过有一件小事,我要向你们叙述:

那是玛丝琳血管栓塞突发之后不久的一天上午,我守在她的身边,看她似乎见好,但是遵照医嘱,她必须静卧,甚至连胳膊也不能动一下。我俯身喂她水喝,等她喝完仍未离开,这时,她用目光暗示我打开一个匣子,然而由于言语障碍,说话的声音极其微弱。匣子就放在桌子上,我打开了,只见里面装满了带子、布片和毫无价值的小首饰。她要什么呢?我把匣子拿到床前,把东西一样一样捡出来给她看。"是这个吗?是那个吗?……"都不是,还没有找到。我觉察出她有些急躁。——"哦!玛丝琳!你是要这小念珠啊!"她强颜微微一笑。

"难道你担心我不能很好护理你吗?"

"唉!我的朋友!"她轻声说道。——我当即想起我们在比斯克拉的谈话,想起她听到我拒绝她所说的"上帝的救援"时畏怯的责备。我语气稍微生硬地又说道：

"我完全是靠自己治好的。"

"我为你祈祷过多少回啊。"她答道，声音哀伤而轻柔。我见她眼睛里流露出一种祈求的不安的神色，便拿起小念珠，撂在她那只歇在胸前床单上的无力的手中，赢得了她那充满爱的泪眼的一瞥，却不知道如何回答。我又待了一会儿，颇不自在，有点手足无措，终于忍耐不住了，对她说道：

"我出去一下。"

说着我离开怀有敌意的房间，仿佛被人赶出来似的。

那期间，血管栓塞引起了严重的紊乱，心脏掷出的血块使肺堵塞，负担加重，呼吸困难，她发出咝咝的喘息声。病魔已经进驻玛丝琳的体内，症状日渐明显。病入膏肓了。

三

　　季节渐渐宜人。课程一结束,我就带玛丝琳去莫里尼埃尔,因为大夫说危险期已过,她若想痊愈,最好到空气新鲜的地方去休养。我本人也特别需要休息。我几乎每天都坚持守夜,始终提心吊胆,尤其是玛丝琳栓塞发作期间,我对她产生一种血肉相连的怜悯,自身感到她的心脏的狂跳,结果我被弄得精疲力竭,也好像大病了一场。

　　我很想带玛丝琳去山区,但是,她向我表示

渴望回诺曼底，称说那里的气候对她最适宜，还提醒我应该去瞧瞧那两座农场，谁让我有点轻率地包揽下来了。她极力劝说，我既然承担了责任，就必须搞好。我们刚刚到达那里，她就催促我去视察土地……我说不清在她那热情的执意态度中，是不是有很大的舍己为人的成分。她是怕我若不如此，就会以为自己被拖在她身边照顾她，从而产生不够自由之感……玛丝琳的病情也确有好转，面颊开始红润了。看到她的笑容不那么凄然了，我觉得无比欣慰。我可以放心地出去了。

就这样，我回到农场。当时正割第一茬饲草。空气中飘着花粉与清香，犹如醇酒，一下子把我灌醉。仿佛自去年以来，我就再也没有呼吸，或者只吸些尘埃，现在畅吸着甜丝丝的空气，多么沁人心脾。我像醉倒一般坐在坡地上，俯视莫里尼埃尔，望见它的蓝色房顶、池塘的如镜水面；周围的田地有的收割完了，有的还青草萋萋；再远处是树林，去年秋天我和夏尔骑马就是去那里游玩。歌声传入我的耳畔已有一阵工夫，现在又越来越近了，那是肩扛叉子或耙子的饲草翻晒工唱的。我几乎一个个都认出来了。实在扫兴，他们使我想起了自己在那儿是主人，而不是流连忘返的游客。我迎上去，冲他们微笑，跟他们交谈，仔细询问每个人的情况。当天上午，博加日就向我汇报了庄稼的长势，而且在此之前，他还定期写信，不断让我了解农场发生的各种细事。看来经营得不错，比他当初向我估计的好得多。然而，有几件重要事情还等我拍板。几天来，我尽心管理一切事务，虽无兴致，但总可以装出忙碌的样子，以打发我的无聊日子。

　　一俟玛丝琳的身体好起来，几位朋友便来做

客了。这一圈子人既亲密又不喧闹,深得玛丝琳的欢心,也使我出门更加方便了。我还是喜欢农场的人,觉得与他们为伍会有所收益,这倒不在于总是向他们打听,我在他们身边所感到的快乐难以言传,仿佛我是通过他们来感受的。仅仅看到这些穷光蛋,我就产生一种持久的新奇感,然而,不待我们的朋友开口,我就已经熟悉了他们谈论的内容。

如果说起初他们回答我的询问时,态度比我还要傲慢,那么时过不久,他们跟我就熟了些。我总是尽量同他们多接触,不仅跟他们到田间地头,还去游艺场所看他们。我对他们的迟钝思想不大感兴趣,主要是看他们吃饭,听他们说笑,满怀深情地观看他们的欢乐。说起类似某种感应,就像玛丝琳心跳引起我心跳的那种感觉,即对他人的每一种感觉都立刻产生共鸣。这种共鸣不是模糊的,而是既清晰又强烈的。我的胳臂感到割草工的酸痛,我看见他们疲劳,自己也疲劳;看见他们喝苹果酒,自己也觉得解渴,觉得酒流入喉。有一天,他们磨刀时,一个人拇指深深割了一道口子,而我却有痛彻骨髓之感。

我观察景物似乎不单单依靠视觉,还依靠某种接触来感受,而这种接触也因奇异的感应而无限扩大了。

博加日一来,我就有些不自在,不得不端起主子的架子,实在乏味。当然,我该指挥还是指挥,不过是按照我的方式指挥雇工。我不再骑马了,怕在他们面前显得高高在上。为了使他们跟我在一起时不再介意,不再拘谨,我尽管小心翼翼,但还是像以往那样,总想探听人家的隐私。我总觉得他们每人的生活都是神秘莫测的,有一部分被隐蔽起来。我不在场的时候,他们干些什么呢?我不相信他们没有别的消遣,推定他们每人都有秘密,因而非要探个究竟不可。我到处转悠,跟踪盯梢,尤其爱缠着性情最粗鲁的人。仿佛期待他们的昏昧能放出光来启迪我。

有一个人格外吸引我。他长得不错,高高个头,一点不蠢,但是就好随心所欲,行事唐突,全凭一时的冲动。他不是本地人,偶然被农场雇用,卖劲干两天活,第三天就喝得烂醉如泥。一天夜里,我悄悄地去仓房看他,只见他醉卧在草堆里,睡得死死的。我凝视他多久啊!……真是来去无踪,突然有一天他走了。我很想知道他的去向。当天晚上听说是博加日把他辞退的,我十分恼火,便派人把博加日叫来。

"好像是您把皮埃尔辞退了。"我劈头说道,"请问为什么?"

我竭力控制恼怒的情绪,但他听了还是愣了

一下：

"先生总不会留用一个醉鬼吧,他是害群之马,把最好的雇工都给带坏了。"

"我想留用什么人,比您清楚。"

"那是个流浪汉啊!甚至不知道他是从哪儿来的。这种人到此地来不会有好事,等哪天夜里,他放火把仓房烧掉,也许先生就高兴了。"

"不管怎么说,这是我的事情,农场总归还是我的吧,我乐意怎么经营,就怎么经营。今后,您要开掉什么人,请事先告诉我缘故。"

前面说过,博加日是看着我长大的,非常喜爱我,不管我说话的口气多么刺耳,他也不会大动肝火,甚至不怎么当真。诺曼底农民就是这种秉性,对于不了解动机的事情,即对于同切身利益无关的事情,他们往往不相信。博加日只把我的责言看作一时的怪念头。

然而，我申斥了一通，不能就此结束谈话，觉得自己言辞未免太激烈，便想找点别的话头。

"您儿子夏尔大概快回来了吧？"我沉吟片刻，终于问道。

"我看到先生根本没把他放在心上，还以为您早把他忘记了呢。"博加日还有点负气地答道。

"我，把他忘记，博加日！怎么可能呢？去年我们相互配合得多好啊！农场的事务，在很大程度上我还要依靠他呢。"

"先生待人的确仁厚，再过一星期，夏尔就回来了。"

"那好，博加日，我真高兴。"我这才让他退下了。

博加日说中了八九分，我固然没有把夏尔置于脑后，但是也不再把他放在心上了。原先跟他那么亲热，现在对他却兴味索然，这该如何解释呢？看来，我的心思与情趣大异于去年了。老实说，我对两座农场的兴趣，已不如对雇工的兴趣那么浓了。我要同他们交往，夏尔不离左右就会碍手碍脚。因此，尽管一想起他来，往日的激动情怀又在我心中苏醒，但是看到他的归期渐近，我不禁有些担心。

他回来了。啊！我担心得多有道理，而梅纳尔克否认一切记忆又多有见地！我看见进来的不是原先的夏尔，而是一位头戴礼帽、样子既可笑又愚蠢的先生。天哪！他的变化多大啊！我颇为拘束、发窘，但是见他与我重逢的那种喜悦，我对他也不能太冷淡。不过，他的喜悦也令我讨厌，样子显得笨拙而无诚意。我是在客厅里接待他的，由于天色已晚，看不清他的面孔。等掌上灯来，我发现他蓄起了颊髯，不觉有些反感。

那天晚上的谈话相当无聊。我知道他要待在

农场，自己干脆不去了，在将近一周的时间里，我埋头研究，并泡在客人中间。后来我重新出门时，马上又有了新的营生。

树林里来了一批伐木工。这个树林每年都卖一部分木材。树林等分为十二块，每年都能提供几棵不再生长的大树，以及长了十二年可以用作烧柴的矮树。

这种生意冬季成交，根据卖契条款，伐木工必须在开春之前把伐倒的树木全部运走。然而，指挥砍伐的木材商厄尔特旺老头十分拖拉，往往到了春天，伐倒的树木还横七竖八地堆放着，而在枯枝中间又长出了细嫩的新苗；伐木工再来清理的时候，就要毁掉不少新苗。

今年，买主厄尔特旺老头马虎到了令我们担心的地步。由于没有买主竞争，我只好低价出手。他这样便宜买下了树木，无论怎样都保险有赚头,因而迟迟不开工,一周一周拖下来,一次推托没有工人,还有一次借口天气不好,后来不是说马病了,有劳务,就是说忙别的活……花样多得很,谁说得清呢?左拖右拖,直到仲夏,一棵树还没有运走。

若是在去年,我早就大发雷霆了,而今年我却相当平静。对于厄尔特旺给我造成的损失,我并不佯装视而不见。然而,树林这样破败芜杂却别有一番风光,我常常兴致勃勃地去散步,窥视猎物,惊走蟮蛇,有时久久坐在一根横卧的树干上,树干仿佛仍然活着,从截面发出几根绿枝。

到了八月中旬,厄尔特旺突然决定派人。一共来了六个,称说十天完工。采伐的地段几乎与瓦尔特里农场相接,我同意从农场给伐木工送饭,以免他们误工。送饭的人叫布特,是个名副其实的小丑,烂透了,被军队开出来的——我指的是头脑,因为他的身体棒极了。他成了我喜欢与之交谈的一个雇工,而且我不用去农场就能同他见面。其时,我恰巧重新出来游荡,一连几天,我总是在树林里逗留,用餐时才回莫里尼埃尔,还经常误了吃饭的时间。我装作监视劳动,而醉翁之意不在酒,只想瞧那些干活的人。

厄尔特旺的两个儿子时而来帮这六个人干活,大的二十岁,小的十五岁,他们身体挺拔,一脸横肉,脸型像外国人,后来我还真听说他们母亲是西班牙人。起初我挺奇怪,那女人怎么会来此地生活,不过,厄尔特旺年轻时到处流荡,四海为家,很可能在西班牙结了婚。因为这个,本地人都藐视他。还记得我初次遇见厄尔特旺家老二时正下着雨。他独自一人,仰卧在柴垛码得高高的大车上,埋在树枝中间高唱着,或者说以号代唱,歌曲特别怪,我在当地闻所未闻。拉车的马识途,不用人赶,径自往前走。这歌声使我产生的感觉难以描摹,因为我只在非洲听到过类似的歌曲。小伙子异常兴奋,仿佛喝醉了,我从车旁走过时,他一眼也没有看我。次日我听说他是厄尔特旺家的孩子。我在树林中流连,就是想再见到他,至少也是为了等候他。伐倒的树很快就要运光了。厄尔特旺家的两个小伙子仅仅来了三次,他们的样子很傲气,我从他们嘴里掏不出一句话。

相反,布特倒好讲话。我设法使他很快明白,跟我在一起讲话可以随便,于是,他不再拘束,把当地的秘密全揭出来。我贪婪地听着。这些秘密既出乎我的意料,又不能满足我的好奇心。难道这就是暗中流播震荡的事情吗?也许这不过是一种新的伪装吧?无所谓!我盘问布特,如同我从前撰写哥特人残缺不全的编年史那样。从他叙述的深渊升起了一团迷雾,直至我的脑际,我不安地吮吸着。他首先告诉我,厄尔特旺同他女儿睡觉。我怕稍微流露出一点谴责的神情会使他噤声,便微微一笑,受好奇心的驱使问道:

"那母亲呢?什么话也不讲吗?"

"母亲!死了有十二年了……在世时,厄尔特旺总打她。"

"他们家几口人?"

"五个孩子。大儿子和小儿子您见到过,还有一个小子,十六岁,身体不壮,想要当教士。另外,大女儿跟父亲已经生了两个孩子……"

我逐渐了解到厄尔特旺家的其他情况:那是一个是非之地,气味强烈,虽说我的想象力还算丰富,也只能把它想象成一只牛蝇——且说一天晚上,大儿子企图强奸一个年轻女仆,由于女仆挣扎，老子就上前帮儿子，用两只粗大的手按住她。当时，二儿子在楼上，该祈祷还祈祷，小儿子则在一边看热闹。说起强奸，我想那并不难，因为布特还说过了，不久那女仆也上了瘾，就开始勾引小教士了。

"没有得手吧？"我问道。

"他还顶着，但是不那么硬气了。"布特答道。

"你不是说还有一个女儿吗？"

"她呀，有一个跟一个，而且什么也不要。她一发了情，还要倒贴呢。只是不能在家里睡觉，老子会大打出手的。他说过这样的话，在家里，谁愿意干什么就干什么，可是别把外人扯进来。拿皮埃尔来说，就是您从农场开掉的那个小伙子，他就守不了嘴，一天夜里，他从那家出来，脑袋上是带着窟窿眼儿的。打那以后，就到庄园的树林里去搞。"

我又用眼神鼓励他,问道:

"你试过吗?"

他装装样子垂下眼睛,嘿嘿笑道:

"有过几次。"他随即又抬起眼睛:

"博加日老头的小儿子也一样。"

"博加日老头的哪个儿子?"

"阿尔西德呗,就是住在农场的那个。先生不认识他吗?"

听说博加日还有一个儿子,我呆若木鸡。

"去年,他还在他叔叔那里,这倒是真的。"布特继续说道,"可是怪事,先生竟然没有在树林里撞见他。他差不多天天晚上偷猎。"

布特说到最后,声音放低了,同时注视着我,于是我明白要赶紧一笑置之。布特这才满意,继续说道:

"先生心里清清楚楚有人偷猎。嘿!林子这

么大，也糟蹋不了什么。"

我没有不满的表示，布特胆子很快就大了，今天看来，他也是高兴说点博加日的坏话。于是，他领我看了阿尔西德在洼地下的套子，还告诉我在绿篱的哪个地方十有八九能堵住他。那是在一个土坡上，围树林的绿篱上有个小豁口，傍晚六点钟光景，阿尔西德常常从那里钻进去。我和布特到了那儿，一时来了兴头，便下了一个铜丝套，而且极为隐蔽。布特怕受牵连，让我发誓不说出他来，然后离开了。我趴在土坡的背面守候。

我白白等了三个傍晚，开始以为布特耍了我……到了第四天傍晚，我终于听见极轻的脚步声越来越近。我的心怦怦直跳，突然领略到偷猎者胆战心惊的快感……套子下得真准，阿尔西德撞个正着。只见他猛然扑倒，腿腕被套住。他要逃跑，可是又摔倒了，像猎物一样挣扎。不过，我已经抓住了他。他是个野小子，绿眼珠，亚麻色头发，样子很狡猾。他用脚踢我，被我按住之后，又想咬我，咬不着就冲我破口大骂，那种脏话是我前所未闻的。最后我忍不住了，哈哈大笑。于是，他戛然住声，怔怔地看着我，放低声音说：

"您这粗鲁的家伙，却把我给弄残了。"

"看看嘛。"

他把脚套褪到套鞋上，露出脚腕，上面只有轻轻一道红印。"没事儿。"他微微一笑，又嘟囔道：

"我回去告诉我爹，就说您下套子。"

"见鬼！这个套子是你的。"

"这个套子，当然不是您下的了。"

"为什么不是我下的呢？"

"您下不了这么好。让我瞧瞧您是怎么下的。"

"你教给我吧……"

这天晚上,我迟迟不回去吃饭,玛丝琳不知道我在哪儿,非常担心。不过,我没有告诉她我下了六个套子,我非但没有斥责阿尔西德,还给了他十苏钱。

次日同他去起套子,发现逮住两只兔子,我十分开心,自然把兔子让给他。打猎季节还未到。猎物怎样脱手,才不至于牵连本人呢?这个天机,阿尔西德却不肯泄露。最后还是布特告诉我,窝主是厄尔特旺,他小儿子在他和阿尔西德之间跑腿。这样一来,我是不是步步深入,探悉这个野蛮家庭的底细呢。我偷猎的劲头有多大啊!

每天晚上我都跟阿尔西德见面,我们捕捉了大量兔子,甚至还逮住一只小山羊,它还微有气息。回想起阿尔西德宰它时欣喜的样子，我总是不寒而栗。我们把小山羊放在保险的地点，厄尔特旺家小儿子夜里就来取走。

采伐的树木被运走了，树林的魅力锐减，白天我就不大去了。我甚至想坐下来工作，须知上学期一结束，我就拒聘了，这工作既无聊，又毫无目的，而且费力不讨好。现在，田野传来一点歌声、一点喧闹，我就倏忽走神儿。对我来说，一声声都变成了呼唤。多少回我啪地放下书本，跃身到窗口，结果一无所见！多少回突然出门……现在我唯一能够留神的，就是我的全部感官。

现在天黑得快了。天一擦黑，就是我们的活动时间，我像盗贼潜入门户一样溜出去。从前我还没有领略过夜色的姣美，现已练就一双夜鸟一般的眼睛，欣赏那显得更高、更摇曳多姿的青草，欣赏那显得更粗壮的树木。在夜色中，一切景物都淡化了，地面变得疏阔，整个画面也变得幽邃了。最平坦的路径也似乎险象环生，只觉得过着隐秘生活的万物到处醒来。

"现在你爹以为你在哪儿呢？"

"以为我在牲口棚里看牲口呢。"

我知道阿尔西德睡在那里，同鸽子和鸡群为邻。由于晚间门上锁，他就从屋顶的洞口爬出来，衣服上还保留着家禽的热乎乎的气味……

继而，他收起猎物，不向我挥手告别，也不说声明天见，就倏地没入黑夜中，犹如翻进活门暗道里。农场里的狗见到他不会乱咬乱叫。不过我知道，他回去之前，肯定要去找厄尔特旺家那小子，把猎物交出去。然而在哪儿呢？我无论怎样探听也是枉然，威吓也好，哄骗也罢，都无济于事。厄尔特旺那家人绝不让人靠近。我也说不清自己的荒唐行径如何才算大获全胜，是继续追踪越退越远的一件普通秘密呢？还是因好奇心太强而臆造那个秘密呢？——阿尔西德同我分手之后，究竟干了什么呢？他真的在农场睡觉吗？还是仅仅让农场主相信他睡在那里呢？哼！我白白牵扯进去，一无所获，非但没有赢得他的更大信任，反而失去几分他的尊敬，不禁又气恼又伤心。

他突然消失，我感到极度孤单，穿过田野和露重的草丛回返，浑身泥水和草木叶子，但仍旧沉醉于夜色、野趣和狂放的行为中。远处莫里尼埃尔在酣睡，我的书房或玛丝琳卧室的灯光，宛似平静的灯塔指引我。玛丝琳以为我关在书房里，而且我也使她相信，我夜间不出去走走就难以成眠。此话不假，我讨厌自己的床铺，宁肯待在仓房里。

今年野味格外多,穴兔、野兔和雉鸡纷至沓来。布特看到一切顺利,过了三天也入伙了。

偷猎的第六天晚上,我们下的十二副套子只剩下两副了,白天几乎被一扫而光。布特向我讨一百苏再买铜丝套子,铁丝套子根本不顶事。

次日,我欣然看到我的十副套子在博加日家里,我不得不称赞他的热忱。最叫人啼笑皆非的是,去年我未假思索地许诺,每缴一副套子赏他十苏,因此,我不得不给博加日一百苏。布特用我给的一百苏又买了铜丝套子。四天之后,又故技重演。于是,再给布特一百苏,再给博加日一百苏。博加日听我赞扬他,便说道:

"该夸奖的不是我,而是阿尔西德。"

"唔!"我还是忍住了,过分惊讶,我们就全坏事儿了。

"对呀,"博加日接着说,"有什么办法呢,先生,我上年纪了,农场的事就够我忙活的。小家伙代我查林子,他也熟悉,人又机灵,到哪儿能找到偷下的套子,他比我清楚。"

"这不难相信,博加日。"

"因此,先生每副套子给的十苏,我让给他五苏。"

"他当然受之无愧。真行啊!五天工夫缴了二十副套子!他干得很出色。偷猎的人只好认了,他们准会消停。"

"唉!先生,恐怕是越抓越多呀。今年的野味卖的价钱好,对他们来说,损失几个钱……"

我被愚弄得好惨,几乎认为博加日是同谋。在这件事情上,令我气恼的不是阿尔西德的三重交易,而是看到他如此欺骗我。再说,他和布特拿钱干什么呢?我不得而知,也永远摸不透这种人。他们到什么时候都没准话,说骗我就骗我。

这天晚上,我给了布特十法郎,而不是一百苏,但警告他这是最后一次,套子再被缴走,那就活该了。

次日,我看见博加日来了,他显得很窘促,随即我比他还要窘促了。发生了什么情况呢?博加日告诉我,布特喝得烂醉如泥,直到凌晨才回农场,博加日刚说他两句,他就破口大骂,然后又扑上来把他揍了……

"因此,"博加日对我说,"我来请示,先生是否允许我(说到此处,他顿了顿),是否允许我把他辞退了。"

"我考虑考虑吧,博加日。听说他对您无礼,我非常遗憾。这事我知道。让我独自考虑一下吧,过两个小时您再来。"——博加日走了。

留用布特,就是给博加日极大的难堪;赶走布特,又会促使他报复。算了,听天由命吧,反

正全是我一人的罪过。于是,等博加日再一来,我就对他说:

"您可以告诉布特,这里不用他了。"

随后我等待着。博加日怎么办的呢?布特会说什么呢?直到当天傍晚,这起风波我才有所耳闻。布特讲了。我听见他在博加日屋里的喊声,当即就明白了,小阿尔西德挨了打。博加日要来了,果然来了,我听见他那老迈的脚步声越来越近,心怦怦跳得比捕到猎物时还厉害。难熬的一刻啊!所有高尚的感情又将复归,我不得不严肃对待。编造什么话来解释呢?我准装不像!唉!我真想卸掉自己的角色……博加日走进来。我一句话也没有听懂。实在荒谬,我只好让他重说一遍。最后,我听清了这种意思:他认为罪过只在布特一人身上;放过了难以置信的事实;说我给了布特十法郎,干什么呢?他是个十足的诺曼底人,绝不相信这种事。那十法郎,肯定是布特偷的,偷了钱又撒谎,这种鬼话,还不是为了掩饰他的偷窃行为,但这怎么能骗得了他博加日呢。再也别想偷猎了。至于博加日打了阿尔西德,那是因为小伙子到外面过夜了。

好啦!我保住了。至少在博加日看来,一切正常。布特这家伙真是个大笨蛋!这天晚上,我自然没有兴致去偷猎了。

我还以为完事大吉了,不料过了一小时,夏尔却来了。老远就望见他的脸色比他爹还难看。真想不到去年……

"喂!夏尔,好久没见到你了。"

"先生要想见我,到农场去就行了。看林子,守夜,又不是我的事儿。"

"哦!你爹跟你讲了……"

"我爹什么也没有跟我讲,因为他什么也不知道。他那么大年纪了,何必了解他的主人嘲弄他呢?"

"当心,夏尔!你太过分了……"

"哼!当然,你是主人嘛!可以随心所欲。"

"夏尔,你完全清楚,我没有嘲弄任何人,即使我干自己喜欢的事,那也是仅仅损害我本人。"

他微微耸了耸肩。

"您都侵害自己的利益,如何让别人来维护呢?你不能既保护看林人,又保护偷猎者。"

"为什么?"

"因为那样一来……哼!跟您说,先生,这里面弯道道太多,我弄不清,只是不喜欢看到我的主人同被抓的人结成一伙,跟他们一起破坏别人为他干的事。"

夏尔说这番话时,声调越来越理直气壮,他

那神态几乎是庄严的。我注意到他刮掉了颊髯。他说的话也的确有道理。由于我沉默不语（我能对他说什么呢？），他继续说道：

"一个人拥有财产，就有了责任，这一点，先生去年教导过我，现在仿佛忘却了。应当认真履行职责，停止儿戏……否则就没有资格拥有财产。"

静默片刻。

"这是你全部要讲的话吗？"

"是的，先生，今天晚上就讲这些，不过，如果先生把我逼急了，也许哪天晚上我要来对先生说，我和我爹要离开莫里尼埃尔庄园。"

他深鞠一躬，便往外走。我几乎未假思索就说道：

"夏尔！——他当然是对的……嘿！嘿！所谓拥有财产，如果就是这样！……夏尔！"我追

了出去,在黑暗中追上了他。仿佛为了确认我的突然决定,我又极快地说:

"你可以去告诉你爹,我要出售莫里尼埃尔庄园。"

夏尔又严肃地鞠了一躬,一句话未讲就走开了。

这一切真荒唐!真荒唐!

这天晚上,玛丝琳不能下楼来用餐,打发人来说她身体不舒服。我惴惴不安,急忙上楼去她的卧室。她立刻让我放心。"不过是感冒了。"她说。她以为自己只是着凉了。

"你就不能多穿点儿吗?"

"然而,我刚打个冷战,就披上披肩了。"

"应当在打冷战之前,而不是在那之后披上。"

她凝视着我,强颜一笑。噢!也许这一天从

起来就极不顺当，是我容易忧心吧，哪怕她高声对我说："我是死是活，你就那么关心吗？"我也不会像这样洞悉她的心思。毫无疑问，我周围的一切在瓦解，我的手抓住了多少东西，却一样也保不住。我朝玛丝琳冲过去，连连吻她那苍白的面颊。于是，她再也忍不住，伏在我的肩头痛哭。

"哎！玛丝琳！玛丝琳！咱们离开这儿吧。到了别处，我会像在索伦托那样爱你。你以为我变了，对不对？等到了别处，你就会看清楚，咱们的爱情一点没有变。"

然而，我还没有完全排解她的忧郁，不过，她已经重又紧紧地抓住了希望！

暮秋未至，而天气却又冷又潮湿；玫瑰的末茬花蕾不待开放就烂掉了。客人早已离去。玛丝琳虽然身体不适，但还没有到杜门谢客的程度。五天之后，我们就启程了。

第三部

第二章

我再次试图收心,牢牢抓住我的爱情。然而,我要平静的幸福何用呢?玛丝琳给我的并由她体现的幸福,犹如向不累的人提供的休憩。不过,我感到她多么疲倦,多么需要我的爱,因而对她百般抚爱,情意缠绵,并佯装这是出自我的需要。我受不了看到她痛苦,是为了治愈她的苦痛才爱她的。

啊!亲亲热热的体贴、两情缱绻的良宵!正如有的人以过分的行为来强调他们的信念那样,我也以此培养我的爱情。告诉你们,玛丝琳立即重新燃起希望。她身上还充满青春活力,以为我也大有指望。我们逃离巴黎,仿佛又是新婚宴尔。可是，旅行的头一天，她就开始感到身体很不好。一到纳沙泰尔，我们不得不停歇。

我多么喜爱这海绿色的湖畔！这里毫无阿尔卑斯山区的特色，湖水有如沼泽之水，同土壤长期混合，在芦苇之间流动。我在一家很舒适的旅馆给玛丝琳要了一间向湖的房间，一整天都守在她的身边。

她的身体状况很不妙，次日我就让人从洛桑请来一位大夫。他非要问我是否知道我妻子家有无结核病史，实在没有必要。我回答说有，其实并不知道，却不愿意吐露我本人因患结核病而险些丧命，而玛丝琳在护理我之前从未生过病。我把病因全归咎于栓塞，可是大夫认为那只是偶然因素，他明确对我说病已潜伏很久。他极力劝我们到阿尔卑斯高山上去，说那里空气清新，玛丝琳就会痊愈。这正中下怀，我就是渴望整个冬季在恩迦丁度过。一俟玛丝琳病体好些,禁得住旅途的颠簸,我们就重新启程了。

旅途中的种种感受,如同重大事件一般记忆犹新。天气澄净而寒冷,我们穿上了最保暖的皮袄。到了库尔,旅馆里通宵喧闹,我们几乎未合眼。我倒无所谓,一夜失眠也不会觉得困乏,可是玛丝琳……这种喧闹固然令我气恼,然而,玛丝琳不能闹中求静,以便成眠,尤其令我气恼。她多么需要好好睡一觉啊!次日拂晓前,我们就重新上路。我们预订了库尔驿车的包厢座,各中途站若是安排得好,一天工夫就能到达圣莫里茨。

蒂芬加斯坦、尤利尔、萨马丹……一小时接着一小时,一切我都记得,记得空气的清新和寒峭,记得叮当的马铃声,记得我饥肠辘辘,中午在旅馆门前打尖,我把生鸡蛋打在汤里,记得黑面包和冰凉的酸酒。这些粗糙的食品,玛丝琳难以下咽,仅仅吃了几块饼干;幸亏我带了些饼干以备旅途食用。眼前又浮现落日的景象:阴影迅速爬上森林覆盖的山坡,继而又是一次暂歇。空气越来越凛洌而刚硬。驿车到站时,已是夜半三更,寂静得通透,通透……用别的词不合适。在这奇异的透明世界中,细微之声都能显示纯正的音质与完美的音响。又连夜上路了。玛丝琳咳嗽……难道她就止不住吗?我想起乘苏塞驿车的情景,觉得我那时咳嗽比她好些,她太费劲了……她显得多么虚弱,变化多大啊!坐在昏暗的车中,我几乎认不出她来了。她的神态多么倦怠啊!她那鼻孔的两个黑洞,叫人怎么忍心看呢?——她咳嗽得几乎上不来气。这是她护理我的一目了然的结果。我憎恶同情;所有传染都隐匿在同情中;只应当跟健壮的人同气相求。——噢!她真的支持不住了!我们不能很快到达吗?……她在做什么呢?……她拿起手帕,捂到嘴唇上,扭过头去……真可怕!难道她也要咯血?——我猛地从她手中夺过手帕,借着半明半暗的车灯瞧了瞧……什么也没有。然而,我的惶恐神情太明显了,玛丝琳勉强凄然一笑,低声说道:

"没有,还没有呢。"

终于到达了。赶紧,眼看她支撑不住了。我对给我们安排的房间不满意,先住一夜,明天再换。多好的客房我也觉得不够好,多贵的客房我也不嫌贵。由于还没到冬季,这座庞大的旅馆几乎空荡荡的,房间可以任我挑选。我要了两个宽敞明亮而陈设又简单的房间,一间大客厅与之相连,外端镶着宽大的凸窗户,对面便是一片蓝色的难看的湖水,以及我不知道名字的突兀的山峰。那些山坡不是林太密，就是岩太秃。我们就在窗前用餐。客房价钱奇贵，但这又有何妨！我固然不授课了，可是在拍卖莫里尼埃尔庄园。走一步看一步吧。再说，我要钱干什么呢？我要这一切干什么呢？现在我变得强壮了。我想财产状况的彻底变化，和身体状况的彻底变化会有同样教益。玛丝琳倒需要优裕的生活，她很虚弱。啊！为了她，花多少钱我也不吝惜，只要……而我对这种奢侈生活既厌恶又喜欢。我的情欲洗濯沐浴其中，但又渴望漫游。

这期间，玛丝琳的病情好转，我日夜守护见了成效。由于她吃得很少，我就叫些美味可口的菜肴，以便引起她的食欲。我们喝最好的酒。我们每天品尝的那些外国特产葡萄酒，我十分喜爱，相信玛丝琳也会喝上瘾，有莱茵的酸葡萄酒、香味沁我心脾的托卡伊甜葡萄酒。记得还有一种特味酒,叫巴尔巴-格里斯卡,当时只剩下一瓶,因而我无从知晓别的酒是否会有这种怪味。

我们每天出去游览,起初乘车,下雪之后便乘雪橇,但是身体捂得严严的。每次回来,我的脸火辣辣的,食欲大增,睡眠也特别好。不过,我并没有完全放弃学术研究,每天用一个多小时来思考我感觉应当讲的话。历史问题自然谈不上了。我对历史研究的兴趣,早已是仅仅当作心理探索的一种方法。前面讲过,当我看到历史有惊人相似之处的时候,我是如何重新迷上过去的。当时我居然要逼迫古人,从他们的遗墨中得到某种对生活的秘密指示。现在,年轻的阿塔拉里克要同我交谈,就可以从墓穴里站起来。我不再倾听往事了。古代的一种答案,怎么能解决我的新问题呢!人还能够做什么?这正是我企盼了解的。迄今为止，人所讲的，难道是他们所能讲的全部吗？难道人对自己就毫无迷惘之处吗？难道人只能重弹旧调吗？……我模糊地意识到文化、礼仪和道德所遮盖、掩藏和遏制得完好的财富，而这种模糊的意识在我身上日益增强。

于是我觉得，我生来的使命就是为了某种前所未有的发现，我分外热衷于这种探幽索隐，并知道探索者为此必须让自身摈弃文化、礼仪和道德。

后来，我在别人身上竟然只赏识野性的表现，但又叹惋这种表现受到些微限制便会窒息。在所谓的诚实中，我几乎只看到拘谨、世俗和畏怯。如果能把诚实当成一种难能可贵的品质来珍视，我何乐而不为呢。然而，我们的习俗却把它变成了一种契约关系的平庸形式。在瑞士，它是安逸的组成部分。我明白玛丝琳有此需要，但是

并不向她隐瞒我的思想的新路子。在纳沙泰尔,听她赞扬这种诚实,说它从那里的墙壁和人的面孔中渗出来,我就接上说道:

"有我自己的诚实就足矣,我憎恶那些诚实的人,即使对他们无须担心,从他们那儿也无可领教。况且,他们根本没有东西可讲……诚实的瑞士人!身体健康,对他们毫无意义。没有罪恶,没有历史,没有文学,没有艺术,不过是一株既无花又无刺的粗壮的玫瑰。"

我讨厌这个诚实的国家,这是我早就料到的,可是两个月之后,讨厌的情绪进而变为深恶痛绝,我一心想离开了。

适值一月中旬。玛丝琳的身体好转,大有起色,慢慢折磨她的持续的低烧退了,脸色开始红润,不再像从前那样始终疲惫不堪,又喜欢出去走走了,尽管还走不远。我对她说,高山空气的滋补作用在她的身上已经完全发挥出来,现在最好下山去意大利,那里春光融融,有助于她的痊愈。我没有用多少唇舌就说服了她,我本人更不在话下,因为我对这些高山实在厌倦了。

然而,趁我此时赋闲,被憎恶的往事又卷土重来,尤其是这些记忆烦扰着我:雪橇的疾驶、朔风痛快的抽打、食欲;雾中漫步、奇特的回声、突现的景物;在十分保暖的客厅里看书、户外景色、冰雪景色;苦苦盼雪、外界的隐没、惬意的静思……啊,还有,同她单独在环绕落叶松的偏僻纯净的小湖上滑冰,傍晚同她一道返回……

南下意大利,对我来说,犹如降落一般眩晕。天气晴朗。我们渐渐深入更加温煦的大气中,高山上的苍郁的落叶松与冷杉,也逐步让位给秀美轻盈的繁茂草木。我仿佛离开了抽象思维，回到了生活中。尽管是冬季，我却想象到处飘香。噢！我们只冲着阴影笑的时间太久啦！清心寡欲的生活令我陶醉，而我醉于渴，正如别人醉于酒。我生命的节俭十分可观，一踏上这块宽容并给人希望的土地，我的所有欲望一齐爆发。爱的巨大积蓄把我胀大，它从我肉体的深处冲上头脑，使我的思绪也轻狂起来。

这种春天的幻象须臾即逝。由于海拔高度的突然降低，我一时迷惑了。可是，我们一旦离开小住数日的贝拉乔、科莫的以山为屏的湖畔，便逢上了冬季和淫雨。恩迦丁地处高山，虽然寒冷，但是天气干燥清朗，我们还禁得住，不料现在来到潮湿阴晦的地方，我们的日子就开始不好过了。玛丝琳又咳嗽起来。于是，为了逃避湿冷，我们继续南下，从米兰到佛罗伦萨，从佛罗伦萨到罗马，再从罗马到那不勒斯，而冬雨中的那不勒斯，却是我见到的最凄清的城市。无奈，我们又返回罗马，寻觅不到温暖的天气，至少也图个表面的舒适。我们在苹丘租了一套房间，房间特别宽敞，位置又好。到佛罗伦萨时，我们看不上旅馆，就在科里大道租了一座精美的别墅，租期为三个月。换个人，准会愿意在那里永久居住下去，而我们仅仅待了二十天。即便如此，每到一站，我总是精心地安排好一切，就好像我们不再离开了。一个更强大的魔鬼在驱赶我。不仅如此，我们携带的箱子少说也有八只，其中有一只装的全是书，可是在整个旅行过程中，我却一次也没有打开。

我不让玛丝琳过问甚而试图缩减我们的花费。我们的开销高得过分，维持不了多久，这我心里清楚。我已经不再指望莫里尼埃尔庄园的款项了，那座庄园一点收益也没有了，博加日来信说找不到买主。然而,我瞻念前景,干脆更加大手大脚地花钱。哼!平生仅此一次,我要那么多钱何用?我这样想道,同时,我怀着惶恐不安与期待的心情观察到,玛丝琳那衰弱的生命比我的财产消耗得还要快。

尽管事事由我料理,她不必劳神,可是几次匆匆易地,未免使她疲顿。然而,如今我完全敢于承认,更加使她疲顿的是害怕我的思想。

"我完全明白,"有一天她对我说,"我理解你们的学说——现在的确成了学说。也许,这个学说很出色。"她又低沉地、凄然地补了一句:"不过,它要消灭弱者。"

"理所当然。"我情不自禁地立即答道。

于是我觉得,这个脆弱的人听了这句狠话,恐惧得蜷缩起来,并开始发抖。哦!也许你们以为我不爱玛丝琳。我敢发誓我热烈地爱着她。她从来没有这么美,在我的眼里尤其如此。她有一种柔弱酥软的病态美。我几乎不再离开她,百般体贴地照顾她,日夜守护她,一刻也不松懈。无论她的睡眠气息多么轻,我自己习练得比她的还要轻;我看着她入睡,而且首先醒来。有时我想到田野或街上独自走走,却不知怎的柔情系恋,怕她烦闷,心中忽忽若失,很快就回到她的身边。有时我唤起自己的意志,抗御这种控制,心下暗道:"冒牌伟人,你的价值不过如此啊!"于是,我强制自己在外面多逛一会儿,然而回去的时候就要带着满抱的鲜花,那是花园的早春花或者暖室的花……是的,告诉你们,我深情地爱着她。可是,如何描述这种感情呢?……随着我的自重之心减弱,我更加敬重她了。人身上共存着多少敌对的激情和思想,谁又说得清呢?

阴雨天气早已过去,季节向前推移,杏花突然开放了。那是三月一日,早晨我去西班牙广场。农民已经把田野上的雪白杏花枝剪光,装进了卖花篮里。我一见喜出望外,立即买了许多,由三个人给我拿着。我把整个春意带回来了。花枝划在门上,花瓣下雪般纷纷落在地毯上。玛丝琳正好不在客厅。我到处摆放花瓶,插上一束花,只见客厅一片雪白。我心里喜滋滋的,以为玛丝琳见了准高兴。听见她走来,到了。她打开房门。怎么啦?……她身子摇晃起来……她失声痛哭。

"你怎么啦?我可怜的玛丝琳……"

我赶紧过去,温柔地抚慰她。于是,她像为自己的哭泣道歉似的说:

"我闻到花的香味难受。"

这是一种淡淡的、隐隐的蜂蜜香味。我气急

了,眼睛血红,二话未讲,抓起这些纯洁细嫩的花枝,通通折断,抱出去扔掉。——唉!就这么一点点春意,她就受不了啦!……

我时常回想她那次落泪,现在我认为,她感到自己的大限已到,为惋惜别的春天而涕泣。我还认为,强者自有强烈的快乐,而弱者适于文弱的快乐,容易受强烈快乐的伤害。玛丝琳呢,有一点微不足道的乐趣,她就要陶醉;欢乐再强烈一点,她反倒禁不住了。她所说的幸福,不过是我所称的安宁,而我恰恰不愿意,也不能够安常处顺。

四天之后,我们又启程去索伦托。我真失望,那里的气候也不温暖。万物仿佛都在抖瑟,冷风刮个不停,使玛丝琳感到十分劳顿。我们还是住到上次旅行下榻的旅馆,甚至要了原先的客房。可是,望见在阴霾的天空下,整个景象丧失了魅力，旅馆花园也死气沉沉，我们都很惊诧。想当初，我们的爱情在这座花园游憩的时候，觉得它多么迷人啊。

我们听人夸说巴勒莫的气候好，就决定取海路前往，要回到那不勒斯上船，不过在那里又延宕了些时日。老实说，我在那不勒斯至少不烦闷。这是个生机勃勃的城市，不背陈迹的包袱。

我几乎终日守在玛丝琳身边。她精神倦怠，晚间早早就寝。我看着她入睡，有时我也躺下，继而，听她呼吸渐渐均匀，推想她进入了梦乡，我就蹑手蹑脚地重新起来，摸黑穿好衣服，像窃贼一样溜出去。

户外！啊！我痛快得真想喊叫。我能做什么呢？到现在我也不知道。蔽日的乌云已经消散，八九分圆的月亮洒着清辉。我漫无目的地走着，既无情无欲，又无拘无束。我以新的目光观察一切，侧耳谛听每一种声响，吮吸着夜间的潮气，用手抚摩各种物体。我信步徜徉。

我们在那不勒斯度过的最后一个晚上，我延长了这种游荡的时间，回来发现玛丝琳泪流满面。她对我说，刚才她突然醒来，发现我不在身边，就害怕了。我尽量解释为什么出去了，并保证以后不再离开她，终于使她的情绪平静下来。然而，到达巴勒莫的当天晚上，我按捺不住，又出去了。橘树的第一批花开放了，有点微风就飘来花香。

我们在巴勒莫仅仅住了五天，接着绕了一大圈，又来到陶尔米纳，我们二人都渴望重睹那个村子。我说过它坐落在很高的山腰上吗？车站在海边。马车把我们拉到旅馆，又得立即把我拉回车站，以便取行李。我站在车上好跟车夫聊天。

车夫是从卡塔尼亚城来的西西里孩子,他像忒奥克里托斯的诗一样清秀,又像果实一样绚丽、芬芳而甘美。

"太太长得多美呀!"[1]他望着远去的玛丝琳说,声音听来十分悦耳。

"你也很美啊,我的孩子。"[2]我答道。由于我正朝他俯着身子,我很快忍耐不住,便把他拉过来亲吻。他只是咯咯笑着,任我又亲又抱。

"法国人全是情人。"[3]他说道。

"意大利人可不是个个都可爱。"[4]我也笑道。后来几天,我一直都在寻找他,但是不见踪影了。

我们离开陶尔米纳,去锡拉库萨。我们正一

---

1 原文为意大利文。
2 原文为意大利文。
3 原文为意大利文。
4 原文为意大利文。

步一步拆解我们的第一次行程，返回到我们爱情的初始阶段。在我们第一次旅行的过程中，我的身体一周一周好起来，然而这次我们渐渐南下，玛丝琳的病情却一周一周恶化了。

由于何等荒唐的谬误，何等一意孤行，何等刚愎自用，我援引我在比斯克拉康复的事例，不但自己确信，还极力劝她相信她需要更充足的阳光和温暖！……其实，巴勒莫海湾的气候已经转暖，相当宜人，玛丝琳挺喜欢那个地方，如果住下去，她也许能……然而，我能自主选择我的意愿吗？能自主决定我的渴望吗？

到了锡拉库萨，因为海上风浪太大，航船不定时，我们被迫又等了一周。除了守在玛丝琳的身边，其余时间我就到老码头那儿消遣。啊，锡拉库萨的小小码头！酸酒的气味、泥泞的小巷、发臭的酒店，只见醉醺醺的装卸工、流浪汉和船员在这里扎堆。这帮贱民成为我的愉快伴侣。我何必懂得他们的话语,既然我的整个肉体都领会了他们的意思。在我看来,这种纵情狂放还给人以健康强壮的虚假表象,心想对他们的悲惨生活,我和他们不可能发生同样的兴趣,然而怎么想也无济于事……啊!我真渴望同他们一起滚到餐桌下面,直到凄清的早晨才醒来。我在他们身边,就更加憎恶奢华、安逸和受到的照顾,憎恶随着我强壮起来而变得多余的保护,憎恶人要避免身体同生活的意外接触而采取的种种防范措施。我进一步想象他们的生活,极想追随他们,挤进他们的醉乡……继而,我眼前突然出现玛丝琳的形象。此刻她在做什么呢?她在病痛中呻吟,也许在哭泣……我急忙起身,跑回旅馆。旅馆门上似乎挂着字牌:穷人禁止入内。

玛丝琳每次见我回去,态度总是一个劲儿,

脸上尽量挂着笑容，不讲一句责备的话，也没有一丝狐疑。我们单独用餐，我给她要了这家普通旅馆所能供应的最好食品。我边吃边想：一块面包、一块奶酪、一根茴香就够他们吃了，其实也够我吃了。也许在别处，也许就在附近，有人在挨饿，连这点东西都吃不上，而我餐桌上的东西够他们饱食三日！我真想打通墙壁，放他们蜂拥进来吃饭。因为感到有人在挨饿，我的心就惶恐不安。于是，我又去老码头，把装满衣兜的硬币随便散发出去。

人穷就受奴役，要吃饭就得干活，毫无乐趣。我想，一切没有乐趣的劳动都是可鄙的，于是出钱让好几个人休息。我说道："别干了，你干得没意思。"我梦想人人都应享有这种闲暇，否则，任何新事物、任何罪恶、任何艺术都不可能勃兴。

玛丝琳并没有误解我的意思。每次我从老码头回去,也不向她隐瞒在那里遇见的是多么可怜的人。人蕴藏着一切。玛丝琳也隐约看到我极力要发现什么,由于我说她常常相信她在每个人身上陆续臆想的品德,她便答道:

"您呢,只有让他们暴露出某种恶癖,您才心满意足。要知道,我们的目光注视人的一点,总好放大,夸张,使之变成我们认定的样子,这情况难道您还不清楚吗?"

但愿她这话不对,然而我在内心不得不承认,在我看来,人的最恶劣的本能才是最坦率的。再说,我所谓的坦率又是什么呢?

我们终于离开锡拉库萨。对南方的回忆和向往时时萦怀。在海上,玛丝琳感觉好一些……我重睹了大海的格调。海面风平浪静,船行驶的波纹仿佛会持久存在。我听见洒水扫水的声音,那是在冲刷甲板,水手的赤足踏得甲板啪嚓啪嚓直响。我又见到一片雪白的马耳他海岸。突尼斯快到了……我的变化多大啊!

天气很热,碧空如洗,万物绚烂。啊!我真希望快感的全部收获在此升华成每句话。无奈我的生活本无多大条理,现在要强使我的叙述更有条理也是枉然。好长时间我就考虑告诉你们,我是如何变成现在这样的。噢!把我的思想从这种令人难以忍受的逻辑中解脱出来!……我感到自身唯有高尚的情感。

突尼斯。阳光充足,但不强烈。庇荫处也很明亮。空气宛似光流,一切沐浴其中,人们也投进去游泳。这块给人以快感的土地使人满足,但是平息不了欲望。任何满足都要激发欲望。

缺乏艺术品的土地。有些人只会欣赏已经

描述并完全表现出来的美，我藐视这种人。阿拉伯民族有一点就值得赞叹，他们看到自己的艺术，歌唱它，却又一天天毁掉它，根本不把它固定下来，不把它化为作品传之千秋万代。此地没有伟大的艺术家，这既是因也是果。我始终认为这样的人是伟大的艺术家：他们大胆赋予极其自然的事物以美的权利，而且令同样见过那些事物的人叹道："当时我怎么就没有理解这也是美的呢？……"

我没有带玛丝琳，独自去了我尚未游览过的凯鲁万城。夜色极美，我正要返回旅馆休息，忽然想起一帮阿拉伯人睡在一家小咖啡馆的露天席子上，于是同他们挤在一起睡了。我招了一身虱子回来。

海滨的气候又潮又热，大大地削弱了玛丝琳

的身体。我说服她相信,我们必须尽快前往比斯克拉。当时正值四月初。

这次旅途很长。头一天,我们一气赶到了君士坦丁;第二天,玛丝琳十分劳顿,我们只到达坎塔拉。向晚时分,我们寻觅并找到了一处阴凉地方,比夜晚的月光还要姣好清爽。那阴凉宛如永不枯竭的泉水,一直流到我们面前。在我们闲坐的坡上,望得见红彤彤的平原。当天夜里,玛丝琳难以成眠,周围寂静得出奇,一点细微的响动也使她不安。我担心她有低烧,听见她在床上辗转反侧。次日,我发现她脸色更加苍白。我们又上路了。

比斯克拉。这正是我的目的地。对,这是公园,长椅……我认出了我大病初愈时坐过的长椅。当时我坐着看什么书了?《荷马史诗》,从那以后,我再也没有翻开过。——这就是我抚摩过表皮的那棵树。那时候,我多么虚弱啊!……咦!那帮孩子来了……不对,我一个也不认得了。玛丝琳的表情多严肃啊!她跟我一样变了。这样好的天儿,为什么她还咳嗽呢?——旅馆到了。这是我们住过的客房;这是我们待过的平台。——玛丝琳想什么呢?她一句话也没有跟我说。她一进房间,就躺到床上;她疲倦了,说是想睡一会儿。我出去了。

我认不出那些孩子,而他们却认出了我。他们得知我到达的消息,就全跑来了。怎么会是他们呢?真令人失望!发生了什么事情呢?他们长得这么高了,仅仅两年多点的工夫——这不可能……这一张张脸,当初焕发着青春的光彩,现在却变得这么丑陋,这是何等疲劳、何等罪恶、何等懒惰造成的啊?是什么卑劣的营生早早把这些俊秀的身体扭曲了?眼前的景象像企业倒闭一般……我一个个询问。巴齐尔在一家咖啡馆里洗餐具;阿舒尔砸路石,勉强挣几个钱;阿马塔尔瞎了一只眼。谁会相信呢,萨代克也规矩了,帮他一个哥哥在市场上卖面包,看样子也变得愚蠢。阿吉布跟随他父亲当了屠夫,他胖了,丑了,也有钱了,不再愿意同他的地位低下的伙伴说话……体面的差事把人变得多么蠢笨啊!我在我们中间所痛恨的,又要在他们身上看到了吗?——布巴凯呢?——他结婚了。他还不到十五岁。实在可笑。——其实不然,当天晚上我见到了他。他解释说,他的婚事纯粹是假的。我想他是个该死的放荡鬼!真的,他酗酒,相貌走了样儿……这就是保留下来的一切吗?这就是生活的杰作啊!——我在很大程度上是来看他们的,心中真抑制不住忧伤。——梅纳尔克说得对,回忆是自寻烦恼。

莫克蒂尔怎么样？——哦！他出了监狱，躲躲藏藏，别人都不跟他交往了。我想见见他。当初他是所有孩子里最漂亮的，他也会令我失望吗？……有人找到了他，给我带来。——还好！他并没有蜕化，甚至在我的记忆中，他也没有如此英俊。他的矫健与英俊达到了完美程度。他认出我来，立马就眉开眼笑。

"你入狱之前干什么了？"

"什么也没干。"

"偷东西了吧？"

他摇头否认。

"你现在干什么？"

他又笑起来。

"哎！莫克蒂尔！你若是没什么事儿干，就陪我们去图古尔特吧。"——我突然心血来潮，想去图古尔特。

玛丝琳的身体状况不好,我不知道她有什么心事。那天晚上我回旅馆的时候,她紧紧偎依着我,闭着眼睛一句话不讲。她的肥袖筒抬起来时,露出了消瘦的胳臂。我抚摩着她,像哄孩子睡觉似的摇了她好长时间。她浑身颤抖,是由于情爱,由于惶恐,还是由于发烧呢?……哦!也许还来得及……难道我就不能停下来吗?——我思索,并发现自己的价值:一个执迷不悟的人。——可是,我怎么开得了口,对玛丝琳说我们明天去图古尔特呢?……

现在,她在隔壁房间睡觉。月亮早已升起,此刻光华洒满平台,明亮得几乎令人惊悚。人无处躲藏。我的房间是白石板地面,月色显得尤为粲然。流光从敞着的窗户涌进来,我认出了它在我的房间的光华和房门的阴影。两年前,它照进来得还要远……对,正是它现在延伸到的地方——当时我夜不成寐,便起床了。我的肩头倚在这扇门扉上。还记得,棕榈也是纹丝不动……那天晚上,我读到什么话了呢?……哦!对,是基督对彼得说的话:"你年少的时候,自己束上带子,随意往来……"我去哪里呢?我要去哪里呢?……我还没有告诉你们,我上次到那不勒斯的时候,一天又独自去了帕埃斯图姆……噢!我真想面对那些石头痛哭一场!古迹的美显得质朴、完善、明快,却遭到遗弃。艺术离我而去,我已有所感觉,但是让位给什么了呢?代替的东西不再像往昔那样呈现明快的和谐。现在我也不知道我为之效力的神秘上帝。新的上帝啊!还让我认识新的种类,意想之外的美的类型吧。

次日拂晓,我们乘驿车启程了。莫克蒂尔跟随我们,他快活得像国王。

舍加、凯菲尔多尔、姆莱耶……各站死气沉沉，走不完的路途更加死气沉沉。老实说，我原以为这些绿洲要欢快得多，不料满目石头与黄沙，继而有几簇花儿奇特的矮树丛，有时还望见暗泉滋润的几株试栽的棕榈……现在，我喜欢沙漠而不是绿洲。沙漠是光彩炫目、荣名消泯的地方，人工在此显得丑陋而可怜。现在我讨厌任何别的地方。

"您喜爱非人性。"玛丝琳说道。瞧她那自我端详的样子！那目光多么贪婪！

次日有些变天，也就是说起风了，天际发暗。玛丝琳感到很难受，黄沙灼热的空气刺激她的喉咙，强烈的光线晃花她的眼睛，怀有敌意的景物在残害她。然而，再返回去已为时太晚。过几个小时就到图古尔特了。

这次旅行的最后阶段虽然相隔很近，给我留

下的印象却非常淡薄。第二天旅途的景色、我刚到图古尔特所做的事情,现在都回忆不起来了。不过,我还记得我是多么急切和匆促。

上午非常冷。向晚时分,刮起了干热的西蒙风。玛丝琳由于旅途劳顿,一到达就躺下了。我本指望找一家舒适一些的旅馆,想不到客房糟透了。黄沙、曝日和苍蝇,使一切显得昏暗、肮脏而陈旧。从拂晓以来,我们几乎就没有进食,我立即吩咐备饭。可是,玛丝琳觉得没有一样可口的,任我怎么劝还是一口也咽不下去。我们随身带了茶点。这些琐事全由我承担了。晚餐将就吃几块饼干,喝杯茶,而当地水太污浊,煮的茶也不是味儿。

仁心已泯,最后还虚有其表,我在她身边一直守到天黑。陡然,我仿佛感到自己精疲力竭。灰烬的气味啊!慵懒啊!非凡努力的悲伤啊!

我真不敢瞧她,深知自己的眼睛不是寻觅她的目光,而是要死死盯住她那鼻孔的黑洞。她脸上的痛苦表情令人揪心。她也不瞧我。我如同亲身触及一般感到她的惶恐。她咳得厉害,后来睡着了,但时而惊抖。

夜晚可能变天,趁着还不太晚,我要打听一下找谁想想办法,于是出门去。旅馆前面的图古尔特广场、街道,甚至气氛都非常奇特,以致我觉得不是自己看到的。过了片刻,我返回客房。玛丝琳睡得很安稳。刚才我的惊慌是多余的。在这块奇异的土地上,总以为处处有危险,这实在荒唐。我总算放下心来,便又出去了。

广场上奇异的夜间活动景色:车辆静静地来往,白斗篷悄悄地游弋,被风撕破的奇异的音乐残片,不知从何处传来。一个人朝我走过来……那是莫克蒂尔。他说他在等我,算定我还会出门。他咯咯笑了。他经常来图古尔特,非常熟悉,知道该领我到哪儿去。我任凭他把我拉走。

我们走在夜色中,进入一家摩尔咖啡馆。刚才的音乐声就是从这里传出去的。一些阿拉伯女人在跳舞——如果这种单调的移动也能称作舞蹈的话。——其中一个上前拉住我的手,她是莫克蒂尔的情妇。我跟随她走,莫克蒂尔也一同陪伴。我们三人走进一间狭窄幽深的房间,里边唯一的家具就是一张床。床很矮,我们坐到上面。屋里关着一只白兔,它起初非常惊慌,后来不怕人了,过来舔莫克蒂尔的手心,有人给我们端来咖啡。喝罢,莫克蒂尔就逗兔子玩,这个女人则把我拉过去;我也不由自主,如同沉入梦乡一般。

噢!这件事我完全可以作假,或者避而不谈,然而,我的叙述若是不真实了,对我还有什么意义呢?

莫克蒂尔在那里过夜,我独自返回旅馆。夜已深了。刮起了西罗科焚风,这种风卷着沙子,虽在夜间仍然酷热,迷人眼睛,抽打双腿。突然,我归心似箭,几乎跑着回去。也许她已经醒来,也许她需要我吧?……没事儿,房间的窗户是黑的,她还在睡觉。我等着风势暂缓好开门。我悄无声息溜进黑洞洞的房间。——这是什么声响?……听不出来是她咳嗽……真的是她吗?……我点上灯……

玛丝琳半坐在床上,一只瘦骨伶仃的胳膊紧紧抓住床头栏杆,支撑着半起的身子。她的床单、双手、衬衣上全是血,面颊也弄脏了;眼睛圆睁,大得可怕;她的无声比任何垂死的呼叫都更令我恐惧。我在她汗津津的脸上找一点地方,硬着头皮吻了一下。她的汗味一直留在我的嘴唇上。我用凉水毛巾给她擦了额头和面颊。床头下有个硬东西硌着我的脚,我弯腰拾起,正是在巴黎时她要我递给她的小念珠,刚才从她的手中滚落了。我放到她张开的手里,可是她的手一低,又让念珠滚落了。我不知如何是好,想去找人来抢救……她的手却拼命地揪住我不放。哦!难道她以为我要离开她吗?她对我说:

"噢!你总可以再等一等。"她见我要开口,立即又补充一句:

"什么也不要对我讲,一切都好。"

我又拾起念珠,放到她的手里,可是她再次让它滚下去——我能说什么?实际上她是撒手丢掉的。我在她身边跪下,把她的手紧紧按在我的胸口。

她半倚在长枕上,半倚在我的肩头,任凭我拉着她的手,仿佛在打瞌睡,可是她的眼睛却睁得大大的。

过了一小时,她又坐起来,把手从我的手里抽回去,抓住自己的衬衣,把绣花边的领子撕开了。她喘不上气儿。——将近凌晨时分,又吐血了……

我这段经历向你们讲完了,还能补充什么呢?——图古尔特的法国人墓地不堪入目,一半已被黄沙吞没……我仅余的一点意志,全用来带她挣脱这凄凉的地方。她安息在坎塔拉她喜欢的一座私人花园的树荫下,距今不过三个月,却恍若十年了。

米歇尔久久沉默，我们也一声不响，每个人都有一种莫名的失意感。唉！我们觉得米歇尔对我们讲了他的行为，就使它变得合情合理了。在他慢条斯理解释的过程中，我们无从反驳，未置一词，未免成了他的同道，仿佛参与其谋。他一直叙述完，声音也没有颤抖，语调动作无一表明他内心哀痛，想必他厚颜而骄矜，不肯在我们面前流露出沉痛的心情，或许他出于廉耻心，怕因自己流泪而引起我们的慨叹，还兴许他根本不痛心。至今我都难以辨别骄傲、意志、冷酷与廉耻心，在他身上各占几分。过了一阵工夫，他又说道：

"老实说，令我恐慌的是我依然年轻。我时常感到自己的真正生活尚未开始。现在把我从这里带走，赋予我生存的意义吧，我自己再也找不到了。我解脱了，可能如此，然而这又算什么呢？我有了这种无处使用的自由，日子反倒更难过。请相信，这并不是说我对自己的罪行厌恶了，如果你们乐于这样称呼我的行为的话。不过，我还应当向自己证明我没有僭越我的权利。

"当初你们同我结识的时候，我有一种坚定的信念，而今我知道正是这种信念造就真正的人，可我却丧失了。我认为应当归咎于这里的气候，令人气馁的莫过于这种持久的晴空了。在这里，无法从事任何研究，有了欲念，紧接着就要追欢逐乐。我被光灿的空间和逝去的人所包围，感到享乐近在眼前，人人都无一例外地沉湎其中。我白天睡觉，以便消磨沉闷的永昼及其难熬的空闲。

"瞧这些白石子,我把它们放在阴凉的地方,然后再紧紧地握在手心里,直到起镇静作用的凉意散尽。于是我再换石子,把凉意耗完的石子拿去浸凉。时间就这样过去,夜晚来临……把我从这里拉走吧,而我靠自己是办不到的。我的某部分意志已经毁损了,甚至不知道哪儿来的力量离开坎塔拉。有时我怕被我消除的东西会来报复。我希望从头做起,希望摆脱我余下的财产。瞧,这几面墙上还有盖儿。我在这儿生活几乎一无所有。一个有一半法国血统的旅店老板给我准备点食品,一个孩子早晚给我送来,好得到几苏赏钱和一点亲昵——就是你们进来时吓跑的那个。他特别怕生人,可是跟我一起却很温顺,像狗一样忠诚。她姐姐是乌列奈尔山区人,每年冬季到君士坦丁向过客卖身。那姑娘长得非常漂亮,我来此地头几周，有时允许她陪我过夜。然而一天早晨，她弟弟小阿里来这儿撞见了我们两个。那孩子极为恼火，一连五天没有露面。按说，他不是不知道他姐姐是怎样生活，靠什么生活的。从前他谈起来，语气中没有表露一点难为情。这次难道他嫉妒了吗？——再说，这出闹剧也该收场了，因为我既有些厌烦，又怕失去阿里，自从事发之后，就再也没有让那位姑娘留宿。她也不恼，但是每次遇见我，总是笑着打趣说，我喜爱那孩子胜过喜欢她，还说主要是那孩子把我拴在这里。也许她这话有几分道理……"

安德烈·纪德年表

1869年

11月22日,安德烈·保尔·纪尧姆·纪德生于巴黎梅迪契街19号(今埃德蒙·罗斯唐广场2号)。他是独生子。父亲保尔·纪德1832年生于于泽城意大利裔的新教家庭,在巴黎大学法学院任教。母亲朱莉叶·隆多1835年生于鲁昂一个富有的资产阶级家庭,信奉新教。二人于1863年在鲁昂结婚。

1877年

入小学,在达萨街的阿尔萨斯学校读书,数月后因"不良习惯"被除名。此后,他在学校的系统学习中断,只好经常请家庭教师了。安德烈自小接受了两种矛盾的教育:母亲认为"孩子应当顺从,而不需要明白为什么";"父亲则始终倾向于无论什么事,都要向我解释清楚"。父亲把自己喜欢的书推荐给他,给他朗诵莫里哀的戏剧故事、《奥德赛》中的段落、《天方夜谭》中的辛巴德冒险故事和阿里巴巴的故事、意大利戏剧的滑稽场面等。这些读物给他幼小的心灵留下深刻的印象,是他后来强烈表现出来的好奇心与探索冒险精神的种子。

1880年
10月28日,父亲保尔·纪德去世。

1882年
年末,去鲁昂,得知舅母玛蒂尔德·隆多生活放浪,与人私奔,他表姐玛德莱娜为此痛苦不堪,他便萌生了对表姐的爱。

1887年
10月,又重入阿尔萨斯中学,进修辞班,开始与同学皮埃尔·路易(后来署名皮埃尔·路伊)交往。

1888年
10月,入亨利四世中学哲学班,结交了后来成为著名政治家的莱翁·布鲁姆。

1890年
3月1日,舅父埃米尔·隆多去世,安德烈陪表姐玛德莱娜守灵,他觉得那便是他们的订婚仪式。夏季,独自在安西湖畔写《安德烈·瓦尔特笔记》。12月,去南方蒙彼利埃看望叔父——经济学家夏尔·纪德,在那里结识青年诗人保尔·瓦莱里。

1891年
1月8日,玛德莱娜拒绝了纪德的求婚。纪德的母亲也始终反对这门婚事。2月2日,由作家巴雷斯引见给诗人马拉美,此后他便成为罗马街"星期二聚会"的常客。11月,同造访巴黎的奥斯卡·王尔德多次会面。自费出版了《安德烈·瓦尔特笔记》《那喀索斯论》。

1892年
夏季,同诗人亨利·德·雷尼埃游布列塔尼。《安德烈·瓦尔特笔记》出版。

1893年
10月18日,同他的朋友,年轻画家保尔—阿尔贝·洛朗在马赛港登船去北非,游历突尼斯和阿尔及利亚。出版《爱的尝试》和《乌连之旅》。

1894年
2月,和洛朗取道意大利返回法国。10月至12月,去瑞士拉布雷维纳,在孤寂中写出了《帕吕德》,并于次年出版。

1895年
1月至5月,再次去阿尔及利亚旅行。5月31日丧母。6月17日,他与表姐玛德莱娜订婚。10月7日在库沃维尔结婚,结婚旅行,一路游览瑞士、意大利、突尼斯和阿尔及利亚,直至次年5月才回国。

1897年
结识汪荣博（文学活动中称亨利·盖翁）。《人间食粮》出版（法兰西水星出版社）。

1898—1900年
出国旅行，先后去了意大利、阿尔及利亚（两度）。开始和在中国任领事的诗人克洛岱尔建立通信关系。出版《没有缚住的普罗米修斯》、《给安棋尔的信》、《借题发挥》。

1901—1903年
先后出版剧本《康多尔王》、《扫罗》和小说《背德者》。1903年，游历德国，然后又去阿尔及利亚。

1905—1908年
1906年出版《阿曼塔斯》。1907年出版《浪子归来》。1908年，同停刊的《隐修》杂志原班人马：马赛尔·德鲁安、雅克·科波、亨利·盖翁、安德烈·鲁伊特、让·施伦贝格创建《新法兰西评论》杂志。从1897年开始同文学杂志《隐修》合作，直到1906年停刊为止。

1909—1911年
出版小说《窄门》（1909）、《奥斯卡·王尔德》（1910）、《伊萨贝尔》。在《新法兰西评论》杂志创刊号上发表数篇文章。《新法兰西评论》在20世纪法国文学发展中，起了举足轻重的作用，许多重要作家的处女作都是在这份杂志上发表的。这家杂志社于1911年创建了自己的出版社，由加斯东·伽利玛任社长，这就是后来发展成法国第一大出版社的伽利玛出版社。

1914—1919年
第一次世界大战爆发后，在一年半里，全力投入"法国—比利时之家"的工作，救助被占领地区的难民。同马克去瑞士逗留（1917），又去阿尔及利亚共度四个月（1918）。妻子玛德莱娜因气愤而焚毁纪德给她写的全部信件。出版《梵蒂冈的地窖》（1914）、《重罪法庭回忆录》（1914）、《田园交响曲》（1919）。雅克·科波创建老鸽棚剧院（1913年10月），隶属于《新法兰西评论》杂志社，成为戏剧改革的基地。

1922—1929年
1922年2月至3月，以陀思妥耶夫斯基为题，在老鸽棚剧院做了六场讲座。夏季，同赖塞尔贝格夫妇去蓝色海岸。1923年4月18日，他与伊丽莎白·冯·赖塞尔贝格的私生女出生，取名卡特琳，直到1938年妻子去世后，他才正式认这个女儿。1925年7月14日，同马克·阿莱格雷登船去非洲，到刚果和乍得旅行考察，历时将近一年，回国后撰文猛烈抨击殖民制度和特许大公司的掠夺，引起议会辩论，媒体论战，政府被迫派员去调查。出版一系列重要作品：《科里东》（1925）、讨论宗教问题的《你也是……》、《伪币制造者》、《如果种子不死》(1926)、《刚果之行》(1927)、《乍得归来》(1928)、《妇人学校》(1929)。

1930—1935年

去德国和突尼斯旅行(1930)。次年1月4日,与马尔罗前往柏林,要求戈培尔释放保加利亚共产党领袖季米特洛夫。同年2月,加入了"反法西斯作家警惕委员会"。7月至8月去中欧旅行。1935年1月4日,在巴黎的"争取真理联盟",以"安德烈·纪德和我们的时代"为题,展开公开大辩论。3月至4月,同荷兰作家丁·拉斯特去西班牙和摩洛哥旅行。6月,主持在巴黎召开的"世界作家保卫文化代表大会"。出版小说《罗贝尔》(1930)、剧本《俄狄浦斯》(1931)、《日记》(1929—1932)、《新食粮》(1935)。《纪德全集》从1932年开始出版,至1939年出到十五卷时因战争而中断。

1936—1939年

1936年6月17日,应苏联政府(通过苏联作家协会)的邀请,同几位青年作家一道去访问,历时两个月有余,回国著文批评苏联当权者的政策。1938年,再次去法属西非旅行,又先后到希腊和埃及,以及塞内加尔旅行(1939)。出版小说《热维维埃芙》(1936)、《日记新篇》、《访苏归来》(1936)。《日记1889—1939》纳入经典的《七星文库》。

1940—1946年

1941年,同《新法兰西评论》断绝关系。1942年5月4日,登船去突尼斯逗留一年,再去阿尔及尔逗留数月,然后去摩洛哥,均住在朋友家中,共历时两年有余。1946年4月16日,在贝鲁特做了《文学回忆与现实问题》的重要讲座。出版《戏剧集》(1942)、《日记1939—1942》(纽约,1944)、《忒修斯》(纽约,1946)。

1947—1951年

1947年6月,获英国剑桥大学名誉博士称号,11月获诺贝尔文学奖。1949年1月至4月,由让·昂鲁什录制《纪德谈话录》,于11月10日至12月30日在法国电台播放。1950年,马克·阿莱格雷拍了电影《和安德烈·纪德在一起》。12月13日,《梵蒂冈的地窖》在法兰西喜剧院首次演出。出版《戏剧全集》(1947)、《与弗朗西斯·雅姆通信集》(1948)、《与保尔·克洛岱尔通信集》(1949)、《秋叶集》(1949)、《日记1942—1949》(1950)。1951年1月,计划去摩洛哥旅行。2月19日,因肺炎在巴黎病逝,享年82岁。

无界文库

001	悉达多	[德]赫尔曼·黑塞 著	杨武能 译
002	局外人	[法]阿尔贝·加缪 著	李玉民 译
003	变形记	[奥]弗朗茨·卡夫卡 著	李文俊 译
004	窄门	[法]安德烈·纪德 著	李玉民 译
005	瓦尔登湖	[美]亨利·戴维·梭罗 著	孙致礼 译
006	罗生门	[日]芥川龙之介 著	文洁若 译
007	雪国	[日]川端康成 著	高慧勤 译
008	红与黑	[法]司汤达 著	王殿忠 译
009	漂亮朋友	[法]莫泊桑 著	李玉民 译
010	地下室手记	[俄]陀思妥耶夫斯基 著	刘文飞 译
011	简·爱	[英]夏洛蒂·勃朗特 著	宋兆霖 译
012	老人与海	[美]欧内斯特·海明威 著	孙致礼 译
013	傲慢与偏见	[英]简·奥斯丁 著	孙致礼 译
014	金阁寺	[日]三岛由纪夫 著	陈德文 译
015	月亮与六便士	[英]威廉·萨默赛特·毛姆 著	楼武挺 译
016	斜阳	[日]太宰治 著	陈德文 译
017	小妇人	[美]路易莎·梅·奥尔科特 著	梅静 译
018	人类群星闪耀时	[奥]斯蒂芬·茨威格 著	潘子立 译

019	我是猫	[日]夏目漱石 著	竺家荣 译
020	伤心咖啡馆之歌	[美]卡森·麦卡勒斯 著	李文俊 译
021	伊豆的舞女	[日]川端康成 著	陈德文 译
022	爱的饥渴	[日]三岛由纪夫 著	陈德文 译
023	假面的告白	[日]三岛由纪夫 著	陈德文 译
024	白夜	[俄]陀思妥耶夫斯基 著	郭家申 译
025	涅朵奇卡	[俄]陀思妥耶夫斯基 著	郭家申 译
026	带小狗的女人	[俄]契诃夫 著	沈念驹 译
027	狗心	[苏]米哈伊尔·布尔加科夫 著	曹国维 译
028	黑暗的心	[英]约瑟夫·康拉德 著	黄雨石 译
029	美丽新世界	[英]阿道斯·赫胥黎 著	章艳 译
030	初恋	[俄]屠格涅夫 著	沈念驹 译
031	舞姬	[日]森鸥外 著	高慧勤 译
032	一个孤独漫步者的遐想	[法]让-雅克·卢梭 著	袁筱一 译
033	欧也妮·葛朗台	[法]巴尔扎克 著	傅雷 译
034	高老头	[法]巴尔扎克 著	傅雷 译
035	田园交响曲	[法]安德烈·纪德 著	李玉民 译
036	背德者	[法]安德烈·纪德 著	李玉民 译
037	鼠疫	[法]阿尔贝·加缪 著	李玉民 译
038	好人难寻	[美]弗兰纳里·奥康纳 著	于是 译
039	流动的盛宴	[美]欧内斯特·海明威 著	李文俊 译
040	一个青年艺术家的画像	[爱尔兰]詹姆斯·乔伊斯 著	黄雨石 译
041	太阳照常升起	[美]欧内斯特·海明威 著	吴建国 译
042	永别了,武器	[美]欧内斯特·海明威 著	孙致礼 译

043	理智与情感	[英]简·奥斯丁 著	孙致礼 译
044	呼啸山庄	[英]艾米莉·勃朗特 著	孙致礼 译
045	一间自己的房间	[英]弗吉尼亚·伍尔夫 著	步朝霞 译
046	流放与王国	[法]阿尔贝·加缪 著	李玉民 译
047	巴黎圣母院	[法]维克多·雨果 著	李玉民 译
048	卡门	[法]梅里美 著	李玉民 译
049	伪币制造者	[法]安德烈·纪德 著	盛澄华 译
050	潮骚	[日]三岛由纪夫 著	唐月梅 译
051	了不起的盖茨比	[美]F.S.菲茨杰拉德 著	吴建国 译
052	夜色温柔	[美]F.S.菲茨杰拉德 著	唐建清 译
053	包法利夫人	[法]居斯塔夫·福楼拜 著	罗国林 译
054	羊脂球	[法]莫泊桑 著	李玉民 译
055	一个陌生女人的来信	[奥]斯蒂芬·茨威格 著	韩耀成 译
056	象棋的故事	[奥]斯蒂芬·茨威格 著	韩耀成 译
057	古都	[日]川端康成 著	高慧勤 译
058	大师和玛格丽特	[苏]米哈伊尔·布尔加科夫 著	曹国维 译
059	禁色	[日]三岛由纪夫 著	陈德文 译
060	鳄鱼街	[波兰]布鲁诺·舒尔茨 著	杨向荣 译
061	呐喊		鲁迅 著
062	彷徨		鲁迅 著
063	故事新编		鲁迅 著
064	呼兰河传		萧红 著
065	生死场		萧红 著
066	骆驼祥子		老舍 著

067	茶馆		老舍 著
068	我这一辈子		老舍 著
069	竹林的故事		废名 著
070	春风沉醉的晚上		郁达夫 著
071	垂直运动		残雪 著
072	天空里的蓝光		残雪 著
073	永不宁静		残雪 著
074	冈底斯的诱惑		马原 著
075	鲜花和		陈村 著
076	玫瑰的岁月		叶兆言 著
077	我和你		韩东 著
078	是谁在深夜说话		毕飞宇 著
079	玛卓的爱情		北村 著
080	达马的语气		朱文 著
081	英国诗选	[英]华兹华斯 等 著	王佐良 译
082	德语诗选	[德]荷尔德林 等 著	冯至 译
083	特拉克尔全集	[奥]格奥尔格·特拉克尔 著	林克 译
084	拉斯克-许勒诗选	[德]拉斯克-许勒 著	谢芳 译
085	贝恩诗选	[德]戈特弗里德·贝恩 著	贺骥 译
086	杜伊诺哀歌	[奥]里尔克 著	林克 译
087	致俄耳甫斯的十四行诗	[奥]里尔克 著	林克 译
088	巴列霍诗选	[秘鲁]塞萨尔·巴列霍 著	黄灿然 译
089	卡瓦菲斯诗集	[希腊]卡瓦菲斯 著	黄灿然 译
090	智惠子抄	[日]高村光太郎 著	安素 译

091	红楼梦	[清] 曹雪芹 著
092	西游记	[明] 吴承恩 著
093	水浒传	[明] 施耐庵 著
094	三国演义	[明] 罗贯中 著
095	封神演义	[明] 许仲琳 著
096	聊斋志异	[清] 蒲松龄 著
097	儒林外史	[清] 吴敬梓 著
098	镜花缘	[清] 李汝珍 著
099	官场现形记	[清] 李宝嘉 著
100	唐宋传奇	程国赋 注评
101	茶经	[唐] 陆羽 著
102	林泉高致	[宋] 郭熙 著
103	酒经	[宋] 朱肱 著
104	山家清供	[宋] 林洪 著
105	陈氏香谱	[宋] 陈敬 著
106	瓶花谱 瓶史	[明] 张谦德 袁宏道 著
107	园冶	[明] 计成 著
108	溪山琴况	[明] 徐上瀛 著
109	长物志	[明] 文震亨 著
110	随园食单	[清] 袁枚 著

036

André Gide
纪德

L'immoraliste
背德者